미래를 보는 지혜

미래를 보는 지혜

The Art of Worldly Wisdom

발타자르 그라시안 지음 • 김경민 옮김 • 이일선 그림

신라출판사

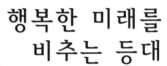

행복한 미래를
비추는 등대

　발타자르 그라시안(Balthasar Gracian Y Morales)은 1601년 스페인에서 태어나 1658년 세상을 떠난 작가이자 철학자이다. 17세기 유럽 최고의 지성이었던 그라시안은 1619년부터 제수이트 교단의 신부로 활동하였다. 이후 그는 스페인의 여러 수도원의 교사를 지냈으며, 타라고나 제수이트 교단에서는 동료들에게 강의를 했다.

　명강의로 이름을 떨친 그는 군인들 사이에서는 '승리의 대부'라는 칭호를 받을 정도로 유명한 군목이었으며 마드리드 궁정에서 철학강의와 설교를 하기도 했다.

이 책은 그라시안의 대표적인 작품으로, 세상을 살아가는 데 꼭 필요한 292개의 잠언을 실었다. 여기에 수록된 글들은 현대를 살아가는 우리들에게 꼭 필요한 인생 지침서이다.

19세기에 독일의 철학자 쇼펜하우어가 독일어로 번역하여 큰 반향을 불러일으킨 이 책은 영국·프랑스 등에 번역되어 순식간에 베스트 셀러가 되었고, 지금도 전세계 독자들에게 꾸준히 읽히고 있는 불후의 명작이다.

이 책은 그라시안 특유의 냉철한 사유가 녹아 있는 글로, 인간이 살아가는 데 반드시 필요한 처세술을 묶어 놓았다. 그의 글은 번뜩이는 재치와 깊은 통찰력으로 진정한 자기성찰과 지혜로 채워져 있다.

이 책을 처음으로 영어로 번역한 조지프 제이콥스는 서문에서 하루에 15개의 잠언을 가슴 깊이 새겨야 하며 평생 동안 옆에 가까이 두고 되풀이하여 읽어야 한다고 강조했다.

이 책은 읽으면 읽을수록 인생의 새로운 의미를 느낄 수 있으므로, 세상을 살아가는 데 나침판 역할을 해 줄 것이다.

2006년 옮긴이

설득의 기술을 익혀라

사람을 설득하는 기술을 터득하라.

인간은 본질적으로 우상의 노예이다.

어떤 사람은 명예를 우상으로, 또 어떤 사람은 재물을

우상으로 삼는다.

또한 많은 사람들이 쾌락을 우상으로 삼으면서도

전혀 그 사실을 모른다.

그대가 누군가를 설득해야 할 때에는

상대가 섬기는 우상을 잘 파악하여라.

상대의 무의식 속에 숨어 있는 우상이 무엇인지 알면

상대를 움직이는 열쇠를 쥔 것이나 마찬가지다.

연인에게 보내는 미소를 띠고 상대방의 마음 속으로 침투

하라.

그렇게 하기 위해서는 먼저 자기 감정을 잘 다스려
상대방에게 짜릿한 쾌감을 주고, 그 다음에 상대방이
좋아하는 취미를 대상으로 결정적인 공격을 가하라.
그러면 상대방의 의지력을 마음대로 조절할 수 있을 것이
다.

언제나 안전을 최우선으로

잘 모르는 분야는 가장 안전한 길로 가라.

그 길은 그럴싸한 미래는 없어 보이나 가장 안전한 길이다.

정확한 상황을 파악하지 못한 상태에서 모험을 감행하는 것은 스스로 자신의 무덤을 파는 것이나 마찬가지다.

자신이 옳다고 생각되는 것은 반드시 관철시켜라.

객관적으로 보았을 때 옳고 확고한 것은 절대로 그르칠 염려가 없다.

사실을 잘 알거나 모르는 것은 별개의 문제이다.

언제나 안전을 최우선으로 하라. 불안전한 것일수록 그 외양은 빛난다.

훌륭한 예술가가 되어라

능력 있는 사람을 옆에 두어라.

신하가 몹시 뛰어나다고 해서 군주의 위용이 반감되지는

않는다.

군주가 백성들로부터 칭송을 받는 영예를

받을 때는 반드시 그 원인 제공자가 있다.

비난을 받을 경우에도 마찬가지다.

그러나 명예의 여신은 항상 주인공의 편에 선다.

여신은 결코 군주 밑에서 일하는 신하를

보려고 하지 않는다.

여신은 다만 "이 군주는 훌륭한 예술가요, 저 군주는 어설

픈 예술가였다"고 말할 뿐이다.

정중한 말로 호감을 사라

누구를 만나든 항상 정중하라.

대부분의 사람들은 누군가를 만났을 때 자신의 입장에서 상대를 판단한다.

그리고 사람들은 자신이 듣고 본 사실을 자신도 모르게 조작하는 사악한 마음이 있다.

어떠한 사실이 그것을 직접 목격하고 들은 사람의 의식을 통과하면서 내용이 축소되거나 과장되기 때문이다.

따라서 그대가 한 말의 결과는 대개 상대의 의사에 의해 결정된다.

그리고 그대가 입 밖에 낸 말들은 상대의 긍정, 또는 부정에 영향을 받는다.

상대에게 정중하게 대하는 것은 돈도 안 들이면서 그대에
게 큰 도움이 된다.

우리들의 인생은 행동으로 이루어진다.

세상이라는 거대한 울타리 안에서 쓸모없는 것은

단 한 가지도 없다.

아무리 하찮은 물건이라도 아쉬울 때가 종종 있는 법이다.

사람 역시 그렇다.

현실을 직시하라

세상을 살아가려면 약간의 장사꾼 기질이 필요하다.

때때로 거래가 필요한 인간 관계가 있는 법이므로, 공부만

한 사람은 속기가 쉽다.

그들은 세속을 벗어난 일에는 밝지만

실제 일상사에는 어두운 구석이 많다.

그들은 일상생활에서 너무 고상한 것만 쳐다보느라

생활을 방치했기 때문이다.

남들이 다 아는 일을 모르고 있으면 경탄의 대상이 되든가

경멸의 대상이 되기 쉽다.

그러니 남에게 속지 않을 정도의 계산은

하고 살아라.

실생활에서 활용할 수 없는 지식을 어디에 쓰겠는가.
가장 중요한 지식은 현실 생활의 지혜를 얻는 것이다.

유혹에 넘어가지 마라

중개자를 항상 조심하라.

타인의 의지를 미사여구로 마비시켜 자신의 의도대로

일을 진행시키려는 것이 중개자의 본분이다.

그들은 자신들의 목적을 위해 진짜 의도를 감춘다.

그대가 그들의 유혹에 넘어가면 그들의 의도는 성공한다.

음흉한 의도를 갖고 접근하는 사람을 조심하라.

그들이 본심을 드러낼 때 내세우는 변명을 직시하라.

그들의 변명은 절반은 진짜이고 절반은 가짜이다.

방심해 있을 때 갑자기 그대의 급소를 찌른다.

그런 사람에게 넘어가지 않기 위해서는 무엇을 양보하고

무엇을 지킬 것인지 미리 대비하라.

신의 섭리를 따르라

신의 도움을 전혀 기대하지 말고
오로지 목적한 일에만 매달려라.
또한 신의 섭리를 따르라.
그럴 때는 인간적인 수단과 방법이
하나도 남지 않았다고 생각하고
오로지 섭리에만 매달려라.
이것이 인생에 가장 중요한 법칙이다.

진부함을 피하기 위한
모험을 삼가라

진부해지는 것이 두려워 역설을 택하지 마라.

진부한 것도 역설도 문제를 안고 있다.

역설은 하나의 모험이며, 그 모험은 어리석음을 범하기 쉽다.

역설은 다분히 기만적이다.

처음에는 신선하고 짜릿하여 사람들에게 먹혀들지 모르지만 시간이 지나면 시큰둥해진다.

그런 일이 국가의 문제에 도입되면 나라를 위험에 빠뜨릴 수 있다.

지략은 뛰어나나 진정한 업적을 이루지 못한 사람, 또는

자신의 역량이 부족한 사람이 역설적인 방편을
곧잘 시도하곤 한다.
어리석은 사람들은 그들에게 몹시 놀라고 감탄하지만
현명한 사람들은 이를 경고한다.
역설은 대체로 사실을 제대로 보지 못하면서 만들어진다.
그리고 간혹 그 말이 근거가 있는 것이라 할지라도
불확실하기 때문에 중요한 일에는 큰 함정이 될 수 있다.

거절의 미덕

상대에게서 무리한 부탁을 받으면 '아니오'라고 단호하게
말하라.
누군가가 곤란한 부탁을 해오면 분명하게 거절하라.
상대에게 거절하는 것도 허락하는 것만큼 중요하다.
한 사람이 '아니오'라고 말하는 것이 여러 사람이
'네'라고 하는 것보다 더 가치가 있을 때가 있다.
때로는 단호한 거절이 무조건적인 허락보다
상대를 더 이롭게 할 수 있다.
그러나 언제나 '아니오'라고 말하는 것은 더욱 위험하다.
그렇게 하면 상대방과의 지금까지의 관계가 끝장나게 된
다.

항상 거절하는 말만 하다 보면 나중에 '네'라고 말해도
사람들은 이를 결코 인정하지 않는다.

그 이유는 늘 거절당했던 기억만을 가슴 속에
간직하기 때문이다.

그러므로 누군가 부탁을 해 올 때는 곧바로 거절해서는 안
된다.

도움을 청하는 사람이 부담에서 벗어날 수 있도록
천천히 유도하라.

그리고 너무 냉정하게 거절하지 마라.

이 냉혹한 거절의 쓰라림에서 헤어 나오도록 조금은 희망
을 남겨둬야 한다.

또 상대방에게 호의를 표시할 수 없을 때는 정중한 태도로
설명을 해 주어 마음을 가볍게 해 주라.

네, 아니오를 말하기 전에 상대방을 배려하는 마음이 반드
시 필요하다.

속임수에 넘어가지 마라

속임수에 넘어가지 마라.

이런 일은 흔히 일어나는 것으로 몹시 기분을 나쁘게 한다.

가짜 물건을 사느니 차라리 가격에서 속는 것이 더 낫다.

남에게 속지 않으려면 다른 사람의 마음을 들여다볼 줄

아는 통찰력이 필요하다.

상품의 진위 여부를 알아보는 것과 사람을 판단하는 것은

다르다.

특히 사기꾼에게 잘 속는 사람, 주변에 사기꾼이 들끓는

사람은 자신의 마음 속을 잘 들여다보아야 한다.

그대가 무엇을 추구하느냐에 따라서 인생의 흐름이 정해

지기 때문이다.

사랑과 호의를 베풀어라

사랑과 호의를 받는 사람이 되라.

남에게 먼저 호의를 베풀면 마음을 움직일 수 있다.

어떤 사람은 교만에 차서 절대 남에게 호의를 베풀 생각을
하지 않는다.

그러나 지혜로운 사람은 남의 도움 없이 자신의 꿈을 이루
는 것이 쉽지 않음을 안다.

호의는 인간관계에 윤활유 역할을 한다.

누구나 용기 · 성실 · 학식 · 영리함 같은 장점을 갖기는 힘
들다.

그러나 호의는 다르다.

누구든 조금만 노력하면 호의를 익힐 수 있다.

상대방의 실수를 호의로 감싸주게 되면 언젠가 도움을 받게 된다.

이렇게 물심양면으로 서로 화합하게 되면 혈족은 물론 민족, 국가 간에도 화합을 이룰 수 있다.

단순하고 재치 있게

재치 있게 말하도록 노력하라.
어떤 사람은 큰일을 앞에 두고 생각이 너무 많아서
일을 그르친다.
또 어떤 사람은 사전에 심사숙고하지도 않고
일을 해치운다.
한편 궁지에 몰려서야 뭔가를 해내는 진짜
천재들도 있다.
그들은 즉석에서 기막히게 일을 해내지만 시간을 주면
아무것도 하지 못하는 일종의 괴물들이다.
천재들은 머리에 즉시 떠오르지 않는 것은
제아무리 시간을 주어도 해내지 못한다.

사랑은 은총이다

남으로부터 호의를 받는 것은 큰 행운이다.

많은 사람들로부터 사랑을 받는 것은 말할 나위 없다.

살다보면 놀라운 행운이 찾아올 때도 있지만

대부분 노력이 행운을 가져다 준다.

자연이 운명의 초석을 놓으면 인간은 노력으로 꿈을 이룬다.

제아무리 능력이 뛰어난 사람이라도 노력하는 자를 따라 잡기는 어렵다.

하지만 먼저 베풀지 않으면 호의는 결코 얻을 수 없다.

마음을 활짝 열고 좋은 일을 하라.

그리고 언행을 반듯하게 하고 선행을 행하라.

사랑받으려면 남에게 먼저 베풀어야 한다.

예의와 정중함은 위대한 사람들이 항상 지녀왔던
전통적인 처세술이다.

자신의 손을 먼저 목적한 일에 뻗쳐라. 그러고 나서
펜을 잡아라.

그대에 관한 이야기를 쓸 작가가 가질 호의도 생각하라.

이는 영원히 불멸하는 것이다.

29

모든 사람을 끌어안아라

모든 사람에게 자신을 맞추는 법을 배워라.

현명한 자는 이 세상 어디에서고 자신을 내세워서는

안 된다는 것을 잘 알고 있다.

무아의 이치를 깨달은 자는 세상의 모든 일에

긍정의 눈길과 행동을 보일 수 있다.

학자에게는 학식으로, 성자에게는 성스러움으로

대하라.

상대방의 기분을 유심히 관찰하고 자신을

그 사람들에게 맞춰라.

이러한 기술은 특히 남에게 의존해야 하는 사람에게

적지 않은 도움을 준다.

그러나 이는 아주 섬세하고 깊은 사고와 많은 노력을 요구한다.
한다.
왕성한 취미 활동을 하는 폭넓은 지식의 소유자는
이러한 일이 그리 어렵지 않을 수도 있다.
많은 사람을 끌어안으려면 인간에 대한 깊은 이해력이 수반되어야 한다.
반되어야 한다.

때로는 조금 물러서 있어라

때로는 조금 물러서 있어라.

인생을 항해하는 동안 수많은 파도들과 맞서 싸우게 된다.

큰 파도가 올 때는 항구와 같은 침묵 속에 머무는 것이

가장 안전한 삶의 지혜다.

의사는 갖가지 질환의 처방법을 알고 있으나 때로는 아무

처방을 하지 않는다.

때로는 일이 되어 가는 대로 내버려두는 것도 하나의 수완

이다.

노련한 선장은 폭풍이 찾아오면 돛을 내린다.

격렬한 폭풍을 헤쳐가기 위해서는 뒷짐을 지고 잠시 물러

날 필요가 있다.

어떤 일이든 제때에 양보하는 것이 가장 효과적이다.
샘물이 흐려졌다고 거기에 어떤 물질을 넣는다고 해서
다시 맑아지는 것이 아니다.
반목과 혼란의 시기에는 그대로 두고 보는 것이
최선의 방법이다.
그러다 보면 마침내 파도는 가라앉고
햇빛이 찬란히 떠오를 것이다.

목적한 일은 반드시 이루어라

사자털이 없으면 여우털이라도 걸쳐라.

어떡하든 자신의 목적을 이루는 사람은

명망을 유지한다.

힘으로 안 되면 온갖 수완이라도 동원하라.

할 수 있는 한 모든 방법을 동원하라.

용기의 대로를 걸을 수 없으면 간계의 옆길이라도

선택하라.

진정 목적을 달성할 수 없다면 차라리 그 일을 경멸하라.

침묵은 지혜의 성역이다

자신의 의도를 남에게 드러내지 마라.

미리부터 상대에게 자신감을 보이거나 의도를 밝히는 것
은 사람들에게 괜한 기대치를 높이는 것과 같다.

카드의 패를 보여 주고 게임을 하는 것은 유리하지도

유쾌하지도 않다.

자신의 속마음을 함부로 말하지 마라.

이러한 일은 사랑받고 싶은 여자가 대낮에

속옷자락을 들쳐보이는 것과 같다.

항상 스스로를 잘 단속하고 침묵을 지킴으로써

사람들의 기대감을 고조시켜라.

일반인의 관심의 대상이 되는 높은 직위에 있을 경우는

더욱 그렇다.

모든 일에 비밀스러운 부분을 남겨두어라. 그것이 지닌 폐쇄성이 그들에게 경외심을 불러일으킬 것이다.

상대방에게 자신을 드러낼 때도 뭔가 범상한 구석이 있는 것처럼 하라.

깊은 침묵은 지혜의 성역이다.

입 밖으로 새어나간 무의미한 말은 높이 평가받기는커녕 오히려 비난의 대상이 되기 쉽다.

그렇기 때문에 섭리를 만든 신처럼 그대 역시 침묵하라.

그러면 상대는 불안에 떨며 온갖 추측을 하게 될 것이다.

명예를 남에게 넘기지 마라

담보 없이는 그대의 명예를 남에게 양도하지 마라.
명예에 뒤따르는 권리와 위험을 상대방과
똑같이 나누라.
절대 자신의 명예를 남의 손에 맡기지 마라.
만일 문제가 생겼을 때는 간계가 숨어 있는지 살펴라.
그리고 뒷수습을 할 때는 상대방이 그대에게 불리한 증언
을 하지 않도록 하라.

대중의 요란한 환호 속에는
맹수의 이빨이 있다

대중성에 현혹되지 마라.

그대가 힘써 한 일이 대중의 마음을 흔드는 순간부터 그대는 마치 성난 짐승의 등에 탄 격이 된다.

대중의 요란스런 갈채 속에는 맹수의 이빨이 숨어 있다.

그러나 대중적 인기에 영합하는 사람들은 어리석은 대중의 숨결 속에서 자신의 존재감을 느낀다.

하지만 이러한 존재감은 대중성이라는 물거품과 함께 곧장 사라지고 만다.

대중의 열광 속에서 결코 만족을 찾지 마라.

어리석은 자는 대중의 열광을 보고 만족하지만 지혜로운

사람은 그 속에 있는 가벼움과 변덕을 간파해 낸다.

윗사람과의 관계

승리의 옆집에는 증오가 산다.

윗사람을 능가하는 능력을 보이는 것은 어리석음의 전형으로, 언젠가는 자신에게 돌이킬 수 없는 치명적인 상처로 돌아오게 된다.

윗사람을 능가하려 들지 마라. 뛰어난 능력을 보이면 반드시 질시의 화살을 받게 마련이다.

신중한 사람이라면 자신의 장점을 감추면서 때를 기다릴 줄 알아야 한다. 그대의 우아함을 헝클어진 옷차림으로 감추고 헤헤거리며 바보처럼 웃기도 하라.

행복한 여건이나 성격은 참아내지만 지성에 처지는 것은 누구도 견뎌내지 못한다.

과정을 즐겨라

사물의 성숙 과정을 이해하고 그것을 마음껏 즐겨라.

자연의 창조물은 천천히 성숙하여 완성점에 도달한다.

살아 있는 모든 것은 어느 순간까지 성장하고 이후로는 석양의 노을과 같은 소멸의 시간이 온다.

하지만 예술 작품은 그와 다르다.

완벽한 몇몇 천재의 예술 작품은 그 수명이 영원하다.

예술 작품은 순간순간 완성을 향해 나아가므로 그것을 즐기는 것은 좋은 취향이자 장점이다.

그러나 대부분의 사람은 이를 이해할 수 없을 뿐더러 노력하려고도 않는다.

정신의 열매에도 그러한 성숙의 단계가 있다.

봉오리진 꽃처럼 그대 정신의 성숙 과정이 얼마나
아름다운지 스스로 깨달아라.
그 가치를 알고 즐기기 위해서는 자신의 내면을 깊이 성찰
하는 것이 무엇보다도 중요하다.

과장하지 마라

어떤 일도 절대 과장하지 마라.
어떤 대상이나 사람에 대해 최상급의 칭찬을 하는 것은
몹시 위험하다.
인류의 역사가 진행되는 한 최상은 항상 변하고 있다.
진리를 보존하기 위해서, 또는 그대의 가치를
떨어뜨리지 않기 위해서 항상 신중하게 말을 구사하라.
최상급의 칭찬은 상대를 들뜨게 하고 욕망을 부채질한다.
시간이 지나면서 상대는 자신의 실체에 실망하여
칭찬한 사람을 우습게 여김으로써 상대에게 복수를 한다.
과장은 거짓과 형제다.

마음을 넉넉하게

매사에 뛰어나기를 바라지 마라.

모든 것에 빼어난 사람의 맹점은 너무 많은 것을 붙잡으려

다 오히려 놓치고 마는 것이다.

그런 노력이 많은 사람들로부터 혐오감을 산다.

어떤 일에도 쓸모가 없는 것은 큰 불행이다.

하지만 다방면에 재능을 보이는 것은

더 큰 불행이다.

그것을 추구하는 사람은 너무 많은 것을 얻었기 때문에 잃

고, 그것을 함께 추구하던 사람들이 마침내는

그를 혐오한다.

그런 극단을 피할 수 있는 유일한 방법은 자신의 분수를

지키는 것이다.

완벽함 자체에도 반드시 한 가지는 문제점이 있으니
겸손하게 행동하라.

자신을 돋보이게 하는 데 인색하면 그 가치는
더욱 높아진다.

익은 벼는 고개를 숙임으로써 농부에게
수확의 기쁨을 선사한다.

언제나 당당하라

말과 행동을 당당하게 하라.
그대가 항상 당당하게 행동하면 모든
사람들에게 명망과 존경을 얻을 수 있다.
당당함은 공장에서 제조되는 상품이 아니다.
당당함은 자신의 내면의 충일함과 아울러 사람들의 호감
과 그 호감이 주는 영양분을 먹고 자라는 식물과도 같다.
이는 내면의 승리이자 외양의 아름다움으로 나타난다.
사람들의 마음을 사로잡는 것은 참으로 위대한 승리다.
당당함은 불손한 마음에서 나오는 것이 아니라, 자신의 능
력과 행한 일에 바탕을 둔 탁월하고 높은 권위에서 나오기
때문이다.

성품은 갈고 닦아야 하는 것

그 사람의 성품은 최소한 자신의 직위보다 우위에 있어야
한다.

높은 직위에 올랐을 때는 고매한 성품이 그보다 더 높은
곳에서 은은한 빛을 발해야 한다.

포용력 있는 사람은 그것이 가능하다.

저 위대한 마르쿠스 아우렐리우스 황제도 '자신의 명예는
군주가 아닌 한 인간으로서 더 빛나 보인다는 데 있다'고
말했다.

고상한 심성과 자신감을 갖고 있다면 이는 더할 나위 없이
좋은 품성의 바탕을 이룬다.

좋은 평판을 유지하라

명성을 유지하려면 가끔 칩거하라.

세상의 이치는 묘한 것이어서 자주 모습을 드러내면 명성이 줄고, 아예 칩거하게 되면 명성이 높아질 수가 있다.

보이지 않을 때 추앙을 받던 사람이 사람들 사이에 자주 나타남으로써 평범한 인물로 전락하는 경우가 비일비재하다.

실제 만나는 것보다 상상력이 평판을 좌우하는 원리가 여기에서 증명된다.

그대가 늘 좋은 평판을 유지하게 되면 명망도 따라올 것이다.

명확하게 표현하라

자신을 명확하고 우아하게 표현하라.

대개의 경우 수태는 잘하는데 출산이 어렵다.

표현을 명확하게 하지 않으면 정신의 산물인 언행은
정상적으로 세상에 나오기 어렵다.

어떤 사람은 많은 지식과 이해력을 갖고 있지만
정작 하찮은 것밖에 보여 주지 못한다.

또 어떤 사람은 그럴 듯한 말로 실제보다 과대 포장을 하
기도 한다.

사람은 의지가 결정한 것을 오성으로 표현한다.

둘 다 큰 장점이 있다.

명민한 재능을 가진 사람은 명확하게 자신의 의견을 표현

함으로써 상대에게 찬사를 받고,

정리되지 않은 의견을 가진 사람은 상대를 제대로 이해시키지 못하므로, 엉뚱하게 존경을 받기도 한다.

그러니 가끔은 너무 명확하게 입장을 밝힐 필요는 없다.

평범한 생각을 가진 사람은 상대의 마음을 이완시키는 이점도 있으므로.

먼저 은혜를 베풀어라

먼저 은혜를 베풀어라.

그러나 그에 대한 보상을 받고 싶은 마음은 빨리 지워라.

이는 현명한 자들의 수완이다.

남에게 베풀되 전혀 그것을 표출하지 않으면 그대의

호의를 받은 사람은 더욱 지극한 고마움을 느끼고,

그대의 덕은 쌓일 것이다.

그러나 이것도 명예를 아는 자에게만 가능하다.

비천한 자에게 은혜를 베풀 경우 잘못하면 자신에게 제약

이 따를 수도 있다.

자신의 재능을 감춰라

그대가 제아무리 뛰어난 재능을 가졌더라도 절대 뽐내지
마라.
이는 상대방이 알아주지도 않고 스스로 격을 떨어뜨리는
것이다.
치레를 행하는 사람은 역겨울 뿐이다.
신경을 써서 치레하는 것은 마치 고문 같은 일이다.
일을 잘 처리하는 사람은 그것이 마치 자신의
천성에서 나온 것처럼 보이게 하기 위해
스스로의 노고를 감춘다.
현명한 자는 자신의 장점을 일부러 드러내지 않는다.
그가 자신의 재능에 무관심해 있을 때

다른 사람들이 그것을 발견하고 흠모해 준다.
모든 면에 완벽성을 갖추고 있되 스스로 그것을 의식하지
않는 자는 갑절로 훌륭해 보인다.
그런 그에게 사람들이 더욱 찬사를 보낼 것이다.
그러면 그는 바람의 힘으로 창공을 나는 독수리처럼
위대해질 것이다.

변명은 짧게

군이 필요 없는 변명을 마구 늘어놓지 마라.

그렇게 되면 잠자고 있던 불신을 일깨우는 격이 된다.

지혜로운 사람은 남이 의심하는 것을

눈치 채지 못한 척한다.

그럼으로써 골칫거리에 머리를 들이밀지 않는다.

이런저런 변명보다는 차라리 다른 기회를 기다리는 편이

낫다.

때가 오면 정정당당하게 곧장 자신에 대한 불신을 뒤집어

라.

진실과 용기

진실을 다룰 줄 알아라.

진실이 때로는 그대를 난처하게 만들 수도 있다.

그래도 정의로운 사람은 항상 진실을 말하는데, 거기에
자신의 전부를 걸기도 한다.

만약 그대가 정의로움을 추구하려거든 반드시 진실을
다루는 기술을 익혀라.

심리학자들은 진실을 달콤하게 만드는 법을 생각해냈다.

만일 그것이 잘못 적용되면 아주 쓴 약이 될 수 있으므로
좋은 말과 기교를 익혀 현명하게 대처하라.

같은 진실이라도 어떤 자에게는 아첨이 되고,

어떤 자에게는 쓴 약이 될 수 있기 때문이다.

이미 지난 일을 돌아보고 현재에
그것을 반영할 수 있어야 한다.
진실을 아는 사람은 그대의 표정만 보고도 그대 마음을
알 수 있다.
그러나 어떤 짓을 해도 통하지 않을 때는 침묵으로
대처하는 것이 가장 좋은 방법이다.

고상한 품위를 지녀라

고상한 품위를 지닌 사람이 고매한 인격자로 거듭난다.
한 사람의 뛰어난 인간이 수많은 평범한 사람들의
리더가 된다.
신의 경지는 무한하고 헤아릴 수 없듯이 영웅은 위대함과
당당함을 갖추고 있다.
그의 모든 행동과 말은 위대함과 숭고함에서
뿜어져 나온다.

군주의 성품을 지녀라

최고의 수뇌 중에서 최고가 되어라.

특별히 뛰어나지 않고서는 결코 위대한 사람이 될 수 없다.

평범함은 찬탄의 대상이 아니다.

탁월함만이 그대를 대중 속에서 벗어나 특별한 사람의 부류에 넣어 준다.

하찮은 일에서 뛰어나다는 것은 하찮은 것 안에서

무엇이 된다는 것을 뜻한다.

하찮은 일은 편하다는 장점은 있을지 몰라도

영예는 결코 기대하기 어렵다.

최고의 것을, 그것도 최고의 부류 안에서 해내는 것이야말로 타인의 마음을 사로잡는 것이다.

몸에 밴 매력

매력적인 인간이 되도록 노력하라.

예절이 몸에 밴 사람은 매력적이다.

여기에 사람을 끄는 힘을 지니고 있으면 더욱 남의 호의를
이끌어낼 수 있다.

타인의 호의를 무시한 채 오직 자신의 노력만으로 성공에
도달하기는 어렵다.

그대는 사회라는 무시무시한 정글에서 살고 있다.

맹수들이 득시글대는 정글에서 혼자 있을 수는 없다.

매력은 사회생활을 하기에 매우 좋은 도구이다.

매력을 지닌 그대가 폭넓은 지식에, 창의력을 겸비한다면
남을 지배할 수 있는 효과는 극대화될 것이다.

겉모습보다 마음이다

겉모습보다 마음을 다스리는 데 힘써라.
자재 부족으로 마무리를 못한 집처럼,
대문은 궁전 같으나 안방은 헛간 같은 사람들이 있다.
그런 사람의 집에 오래 머물러 있고 싶은 사람은 없다.
그들은 금세 지루해하고, 그를 혐오하게 된다.
그는 시칠리아의 말처럼 우선은 들떠서 허세를 부리며
나타나나 곧 의욕을 상실하고 침묵의 늪에 빠지고 말기 때
문이다.
생각과 철학이라는 원천수가 없는 말은
곧 고갈되게 마련이다.

자신을 알아야 성공한다

그대의 장점이 무엇인지 찾아라.

그대의 특출하게 뛰어난 재능이 무엇인지를 알면 이를

더욱 보완하여라.

자신이 잘할 수 있는 일을 한다는 것은 하늘이 내려준

재능을 따른다는 것이다.

그 재능을 갈고 닦다 보면 시간이 지나 그대의 삶을

더욱 빛나게 해줄 것이다.

그러나 대부분의 사람들은 자신의 타고난 재능을

제대로 살리지 못한 채 고달픈 삶을 마감한다.

자신의 재능을 발견했다면, 집중적으로 발전시켜라. 그러

면 성공의 월계관이 그대를 기다리고 있을 것이다.

타인이 원하는 사람이 되라

사회가, 타인이 원하는 사람이 되어라.

많은 사람들로부터 호감을 얻는 사람은 별로 많지 않다.

특히 현명한 사람들의 호감을 얻을 수 있다면 이는 큰 행운이다.

많은 사람들의 눈길을 끄는 확실한 방법은 자신이 맡은 직무에서 특출함을 보이는 것이다.

매력적인 행동으로 그들의 마음을 사로잡을 수 있다면 그렇게 하라.

자신이 가진 모든 장점을 총동원하여 필요불가결한 존재가 되라.

그러면 명예며 직위가 그대를 따르게 된다.

그러나 그대의 주변에 서툴고 미숙한 사람들로 득실거려
서 그대가 특별해 보이는 것은 영예가 아니다.

그것은 사람들이 그대를 진정 원해서가 아니라,

그대의 주변을 싫어해서 얻게 된 반사이익이기 때문이다.

나는 나의 보호자

자기 자신의 진정한 보호자가 되어라.

그러기 위해서는 항상 자존심을 지켜야 한다.

인생의 모든 행·불행은 그대가 어떻게 하느냐에 달려 있다.

자신의 인격은 스스로 잘 지켜야 한다.

또한 엄격하게 자기 자신을 심판하라.

법이 무서워서가 아니라 자신의 자존심이 무서워서

올바른 삶을 살아가는 사람이 되어라.

자존심을 존중하라.

이를 통해 사람은 모든 일에 가장 올바른 길을

찾아간다.

자신의 단점을 인정하라

자신의 단점을 인정하라.

이 세상에 장점 없는 사람이 없듯이

단점 없는 사람도 없다.

단점이 몸과 마음에 습관처럼 굳어지면 그것은 마치

독재자처럼 자기 자신을 유린하게 된다.

그러니 신중하게 그에 맞서야 한다.

그 첫 단계는 자신의 큰 결점을 확실히 아는 것이다.

주인이라면 당연히 그 집안의 살림을 알아야 하듯이

자신의 장단점을 아는 것은 매우 중요하다.

그대 속에 있는 단점을 찾아내어 몰아내 버리면

그대 안의 장점들은 자연스럽게 그대를 따를 것이다.

자신의 결점을 파악하라

자신에게 부족한 점이 무엇인지 심사숙고하라.

그대의 아주 작은 습관이나 생각을 바꾸는 것만으로도 완전히 변화할 수 있다.

사람들은 대부분 자신에 대해 진지하게 관찰하고
통찰하려는 노력을 게을리 한다.

스스로에 대한 관찰력이 부족함으로써 자신의 뛰어난
재능을 무능하게 만들기도 한다.

불친절로 인해 사업을 망치는 사람이 있는가 하면,

행동력이 부족하여 인생을 망가뜨리는 사람,

모든 일에 절제가 부족하여, 통제력을 잃어버린 사람이
우리들 주위에는 수두룩하다.

자신의 몸과 마음을 조금만 더 깊이 들여다보면
이러한 문제점들을 어렵지 않게 찾아낼 수 있을 것이다.
자신의 본성에 주의를 기울이면
거기에서 제2의 천성을 만들어 낼 수 있다.

구원군인가 공격군인가

살아가면서 항상 여유를 잃지 마라.

그래야 그대의 현재 위치와 인격을 지킬 수 있다.

자신의 능력과 힘을 한꺼번에 모두 다

사용해서는 안 된다.

위험이 예측될 때에는 언제든

그대를 구원해 줄 수 있는 무기를 지니고 있어야 한다.

구원군은 공격군보다 항상 더 많은 일을 한다.

신뢰와 굳건함을 보여 주기 때문에.

어리석음과 방종을 멀리하라

오래 살려면 선하게 살아야 한다.

인간의 수명이 짧은 이유는 크게 두 가지가 있다.

어리석음과 방종이다.

어리석음은 생명을 지킬 이성이 없고, 방종은

생명을 지키고자 하는 의지가 없기 십상이다.

미덕이 선함이라면 악덕은 어리석음과 방종이다.

악덕에 열중해서 살면 생명을 단축시키고,

미덕에 열중해서 살면 장수한다.

정신과 육체는 언제나 함께 하기 때문이다.

그대가 선하다는 것을 어떻게 알 수 있을까?

그대의 표정, 그대의 몸짓에서는 그대 마음 속의

모든 것들이 그대로 드러난다.
항상 자신의 몸과 마음을 깊이 들여다봄으로써
매사에 선함을 유지하라.

자신의 값어치를 높여라

자신을 항상 사랑하고 자존감을 잃지 마라.

또한 절대 자신을 값싸게 만들지 마라.

티끌 하나 없고 탓할 것 없는 모범적인 행동이 자신의

엄격한 규범이 되어야 한다.

다른 어떤 외부의 규정보다 자기 스스로의 엄격한 판단에

의해 엄정한 태도를 취할 수 있어야 한다.

온당치 않은 일은 남의 질책이 무서워서가 아니라 자신과

마주 서는 것이 무서워서 그만둬야 한다.

자신을 두려워할 줄 알아야 한다.

그러면 세네카 같은 가상의 궁신은 필요 없을 것이다.

용기와 재능, 행운을 재생하라

항상 자신을 새롭게 갈고 닦아라.

이것은 불사조가 되는 첫번째 조건이다.

탁월함도 명성도 언젠가는 사라진다.

마치 낡은 옷처럼 흐물흐물 닳아 없어지고 만다.

그대의 빼어난 재능을 사람들이 식상해하면

평범한 새로움에 밀려날 수도 있다.

그러므로 용기 · 재능 · 행운 · 사랑 · 부드러움 따위의

긍정성을 늘 재생시켜라.

새롭고 빛나는 재능으로 중무장해서

태양처럼 다시 솟아라.

이 때는 자신을 빛나게 한 무대도 과감히 바꿔라.

그대의 존재는 행동으로 드러난다

행하라.

그대의 존재는 행동으로 드러난다.

사물은 대개 용도나 재질보다는 그 겉모습으로

평가받는다.

고귀하고 특별한 재능을 가진 그대가 자신의 진가를

행동으로 보여 준다면

그 값어치는 곱절이 될 것이다.

정의는 정의로운 행동으로 드러나지 않으면

존중되지 않는다.

사람들은 사물을 겉으로만 판단하는 경향이 많지만

일단 행동으로 보여 주기 시작하면 달라진다.

마음 속의 에너지를 솟게 하라

자신의 마음을 갈고 닦아라.

사람의 품성은 양으로 평가되는 것이 아니라 질로 평가된다.

뛰어난 것은 드물고 귀하며, 천박한 것은

흔하게 눈에 띤다.

되돌아 보아라.

한 시대를 이끌었던 거인들의 몸집은 하나같이 왜소하다.

그들의 외형만을 놓고 보면 결코

평범함을 넘어설 수 없다.

그런가 하면 그럴듯한 몸집의 평범한 사람들이 곳곳에서

자신을 드러내려 하다 보니

결국 어디에서도 인정받지 못하는 경우를
우리는 종종 보게 된다.
특별한 것은 마음 속의 에너지에서 솟아난다.
결코 몸집의 크기가 아니다.
내면의 본질이 고귀하면 언젠가는 시대의 거인으로
우뚝 설 것이다.

자연과 예술

자연은 재료이고 예술은 그 작품이다.

어떤 아름다움도 주위의 조화로움 없이는 존속할 수 없고,

어떤 완전함도 예술로서 빛나지 않으면

그 가치를 잃고 만다.

자연은 그 자체가 최선의 상태이고, 우리는 예술 속에서

그 완성을 본다.

예술 없이는 최고의 재능도 발휘할 수 없다.

따라서 완벽한 것도 가꾸지 않으면 쓸모가 없다.

그러므로 인간은 인위적 교육을 받지 못하면 거칠고 천하

게 마련이다.

완성을 위해서는 반드시 연마가 필요하다.

유머는 지혜의 양념이다

가벼운 유머는
적당히 쓰면 특별한 매력이 발산된다.
근엄한 사회지도층 인사들도 가끔 유머러스한 말을 한다.
그들은 유머의 대가로 사람들의 존경을 받는다.
그들은 어떤 경우에도 지혜와 명망을 잃지 않으려 한다.
곤란을 당하면 그들은 재치 있는 유머로
위기에서 벗어나기도 한다.
농담도 때로는 사람들을 아주 진지하게
만들기도 한다.
적당한 유머는 사람들의 마음을 이끄는
자석이기도 하다.

예의를 다하라

누구에게나 예의를 다하라.

상대에게 호감을 얻는 데는 예의가 최고다.

예의는 교양에서 나온다.

이는 사람의 호감을 얻는 일종의 명약이다.

반대로 무례함은 상대로부터 경멸과 반감을 산다.

무례함이 자만에서 나오면 혐오스럽고,

천함에서 나오면 경멸스럽다.

소극적인 예의보다는 조금 넘치는 예의가 낫다.

그러나 모든 사람에게 똑같은 예의를 보여서는 안 된다.

남을 존경하는 자는 스스로 존경을 받는다.

예의와 명예는 그것을 보여 주는 사람에게 머문다.

행동은 리드미컬하게

항상 리듬에 몸을 맡겨라.

늘 같은 모습을 보여서는 안 되며,

또 필요 이상으로 변화를 보여서도 안 된다.

지식도 성취도 한꺼번에 다 이루지 마라.

그리고 모든 것을 한꺼번에 다 전시하지 마라.

그러면 내일은 아무도 그대를 보고 놀라지 않을 것이다.

매일같이 더 많은 것을 발견하는 사람이

재능을 보존할 수 있고,

위대한 능력은 한계가 없을 것이다.

자신을 돋보이게 하는 기술

자신을 돋보이게 하라.

누구든 내적 가치만으로는 살아가기 힘들다.

모든 사람이 다 사물의 핵심을 간파하거나 그것의 깊이를

들여다보기는 어려울 뿐만 아니라

때로는 귀찮아 한다.

대부분의 사람들은 그대의 겉모습을 보고 판단한다.

그런 점에서 살펴보면, 자신의 일에 스스로 그럴싸한 이름

을 붙여 그들의 존경심을 유도하는 것은 큰 기술이다.

그러나 이때 거드름은 피해야 한다.

상대가 긍정적으로 바라볼 수 있게 자신을 돋보이게 하는

것은 아무나 하는 일이 아니다.

왜냐하면 사람들은 잘난 척하는 사람을 너그럽게 봐주지
않는다.
하지만 자신의 성과를 절대 가볍고 평범한 것으로
말하지 마라.
그렇게 하면 순식간에 경멸의 대상이 되고 말 것이다.
사람들은 대부분 늘 새로운 것을 갈망하기 때문이다.

제왕의 위엄을 지녀라

자기 분야에서 최고의 권위자가 되라.

그리고 위엄을 갖추어라.

설사 제왕이 아니더라도 자기 영역에서 만큼은

반드시 제왕의 위엄을 지녀야 한다.

모든 일에 행동은 고매하게, 생각은 높게 하라.

또한 업무를 추진할 때 제왕처럼 업적을 이루어라.

제왕의 권력은 갖고 있지 않지만 높은 도덕성 속에

진정한 제왕다움이 있다.

그리고 그 위대함을 추구하는 사람은

위대한 사람을 시기해서는 안 된다.

고상한 인격과 영혼의 자유

매사에 고상한 인격과 자유로운 영혼으로 임하라.

이것은 마치 재능에는 생명, 말에는 호흡,

행동에는 영혼, 명예에는 장식과 같은 것이다.

그 밖의 완벽함은 우리 천성에 붙은 장식품이다.

고상하고 자유로운 매력은 완벽한 장식이다.

이는 그 사람의 생각에서도 그대로 드러난다.

그리고 이것은 자연의 선물이지 교육의 혜택은 아니며,

교육의 우위에 있다.

그 매력은 민첩하고 대담함을 안겨 준다.

이는 어떤 행위를 하든지 완벽함을 더해 준다.

이것 없이는 어떤 아름다움도 생명력을 잃고

우아함은 서툰 날갯짓이 된다.

그것은 용기 · 지혜 · 신중 · 위엄을 뛰어넘는다.

그 매력은 어떤 어려운 일도 우아한 동작으로

빠져나오는 은밀한 지름길이다.

적극적인 반응을 보여라

사람이 너무 좋아도 조악해지는 법이다.

이런 사람은 감정 표현이 서툴러 화가 나도 표현을 못한다.

화날 때는 화가 났음을 드러내라.

마치 바다의 파도처럼 생명력을 보여라.

제아무리 잔잔한 바다도 파도는 있게 마련이다.

어떤 일에도 웃을 줄 모르는 사람, 반응이 없는 사람은 남에게 경시당하게 마련이다.

이는 어쩌면 그 자신의 무능에서 올 수도 있다.

적당한 때에 상대에게 반응을 보이는 것은

살아 있는 인간의 자연스런 현상이다.

새들도 허수아비는 조롱거리로 삼는다.

진정한 어른의 모습

한 인간의 내적인 성숙은 외모뿐만 아니라 그의 인격을
더욱 빛나게 한다.
성숙함은 위엄을 부여하고 존경심을 불러일으킨다.
마음의 평정심은 정신의 얼굴이다.
이는 무감각한 바보가 아닌 고매하고 위엄 있는
사람에게서만 나타난다.
내적 성숙은 완성된 인간을 만들어 낸다.
모든 사람은 내적 성숙의 정도에 따라 완벽한 사람이
되기도 하고, 경박한 사람이 되기도 한다.
사람은 진정한 어른이 되면서부터 진지함과 위엄을
갖추기 시작하는 것이다.

흥분했을 때

흥분했을 때에는 즉시 입을 다물어라.

그러지 않으면 한순간에 모든 것을 잃을 수 있다.

밀림에서 작은 소리에 놀라지 않는 사자가 되어라.

자신을 다스리지 못하는 사람은 결코 자신을 위한

행동을 하기 어렵다.

분별력을 잃을 만큼 흥분했을 때는 분별 있고 냉정한

중개자를 내세워라.

그것은 문제를 풀어 가는 해법이기도 하다.

연극 공연에서도 관객이 배우보다 더 침착하기 때문에

연기자보다 더 많은 것을 볼 수 있다.

진짜 바보

우둔해 보이는 사람들은 정말로 우둔하고,

우둔해 보이지 않는 사람 가운데서도 상당수가 우둔하다.

이 세상은 어리석은 자들로 득실거리고 있고

혹시 그 중에 지혜로운 사람이 있더라도 천상의

지혜에 비하면 우스꽝스럽기 짝이 없다.

이들 가운데는 진짜 바보가 있다.

진짜 바보는 자신은 바보가 아니고,

남들은 모두 바보라고 생각하는 자이다.

진짜 현명한 자는 스스로를 현명한 사람처럼 보이려 하지

않는다.

특히 자기 자신에게 그렇게 보이려 하지도 않는다.

자신을 안다고 생각하지 않는 사람이 진실로 아는
사람이요, 다른 사람이 보는 것을 보지 못하는 사람은
지극히 우둔한 사람이다.
세상은 우둔한 자들로 꽉 차 있지만,
자기를 바보라고 생각하거나,
스스로를 바보가 아닐까 의심하는 사람은 그다지 많지 않
다.

반항심을 잘 다스려라

반항심은 어리석은 마음의 작용이다.

그러한 마음이 일어나지 않도록 모든 지혜를 짜내라.

때때로 어려움과 고난에 부닥쳐 반항심을

노출시키는 것은 혁명적인 정신에서 나올지 모른다.

그렇기 때문에 때로는 상대로부터 막무가내식 고집쟁이라

는 비난을 면치 못한다.

그런 사람들은 가볍고 유쾌한 시간을 보내면서도

사사로운 갈등을 전쟁으로 확대시키고,

가까운 친구들을 적으로 만들 수 있다.

세상을 향해 마음을 열어라

통찰력을 가져라.

아니면 그것을 가진 자에게 마음을 열어 질문하라.

삶의 지혜를 깨친 자는 남의 도움 없이는

살아가기 어렵다는 걸 잘 알고 있다.

사람들은 자신의 무지를 깨닫지 못한다.

어떤 사람들은 자신이 지혜로 똘똘 뭉쳐 있다고 굳게 믿지

만 그 믿음 또한 허상일 가능성이 높다.

단단하게 굳어 있는 사고는 고칠 약이 없다.

무지한 자는 자신을 알고자 하지 않으므로

자신이 무엇이 부족한지 모른다.

스스로가 우둔하다고 생각하는 것이야말로

가장 현명한 일이다.

그래서 지혜로운 예언자는 본디 그 수도 드물지만
한가하게 살고 있다.

아무도 그들에게 조언을 구하러 오지 않으니까.

남에게 충고를 구한다고 해서 자신의 값어치가 깎이는
것은 아니다.

이는 결코 능력이 부족해서가 아니기 때문이다.

오히려 통찰력 있는 사람의 충고를 받아들일 때
지혜로움은 빛을 발한다.

바보와 현자

바보가 맨 나중에 하는 일을 현명한 자는 맨 먼저 한다.

둘 다 같은 일을 하지만 분명히 때가 다르다.

요리를 잘하는 사람을 보라.

같은 재료를 가지고도 먼저 익혀야 할 것과

나중에 익혀야 할 것을 분명히 안다.

일급 요리사처럼 현명한 자는 모든 일을

순서에 맞게 한다.

이성적 판단력이 확립되지 않은 사람은 매번 일을 바꿔서

한다.

따라서 이들은 끝없는 시행착오를 되풀이한다.

행복의 규칙

행복을 얻는 데는 나름대로 규칙이 있다.
어떤 사람은 행복의 여신이 문턱에서 문을 열어 주기를 기
다리는 것으로 만족한다.
그러나 어떤 사람들은 씩씩하게 앞으로 나아가
자신의 영리함과 대담성을 상대에게 보여 준다.
그들은 용기에 날개를 달고 여신 앞에 날아가
그녀의 은총을 얻어 온다.
그러나 깊이 생각해 보면 사랑과 베풂 외에 행복의
여신에게 가는 길은 그 어디에도 없다.
사람은 누구나 얼마만큼 지혜로운가에 따라 행복하기도,
불행하기도 하다.

101

명망 높이기

그대의 명망을 스스로 짓밟지 마라.

자신이 만든 욕망이라는 망상을 좇을 때는 더욱 위험하다.

그럴 경우 얻는 것은 경멸뿐이다.

지혜로운 자들이 내버린 것을 주워서 그 독특함에

사로잡히는 괴상한 취미를 가진 사람들이 있다.

그런 자들은 유명해지기보다는

곧 조소의 대상이 되고 만다.

신중한 사람은 자신 있는 일을 하면서도 절대 남의 눈에

띄지 않게 하며,

특히 자신을 웃음거리로 만드는 일은

더더욱 하지 않는다.

최고의 지혜는 무지 속에 있다

집단이나 조직 속에서 바보로 취급당하더라도
혼자 현명하게 있는 것보다 낫다.
만일 모두가 바보라면 자신이 바보가 아님이
확실하기 때문이다.
그러나 만약 그 속에 현명한 자가 한 사람이라도 있다면
그는 바보 취급을 받는다.
때때로 최고의 지혜는 무지 속에, 또는 무지를
가장한 것에 숨어 있다.
사람들은 대다수의 무지한 사람들과 함께 살아가지
않으면 안 된다.
혼자서 분별 있게 살려면 신이나 금수와 같아야 한다.

사람들 속에서 분별 있게 사는 것이 혼자서
바보로 사는 것보다 낫다.
그러나 세상에는 바보 취급 받으면서도 자신의
독창성을 추구하는 사람은 얼마든지 있다.

머물러야 할 때와 떠나야 할 때

해가 질 때까지 결코 기다리지 마라.

지혜로운 자는 권좌가 자신을 떠나기 전에 먼저 알고

자리를 떠난다.

그는 머물러야 할 때와 떠나야 할 때를 아는 사람이다.

태양도 빛이 찬란할 때는 구름 뒤에 숨는다.

자신이 기우는 것을 사람들이 미처 의식하지

못하게 하기 위해서.

따라서 사람들은 태양이 기울었는지 안 기울었는지를

알지 못한다.

재난을 피하려면 떠나야 할 때는

미련없이 떠나야 한다.

작은 문제라도 진지하게 고민하라.

행운이 혼자서 찾아오지 않듯이 재앙도 결코 혼자서
찾아오지 않는다.

그러니 불행이 잠자고 있을 때는 깨우지 마라.

불행 속에 발을 딛게 되면 끝이 없는 나락의 길로
깊이 빠져 들어가기 때문이다.

행복이 완성을 알지 못하듯,

재앙 역시 끝을 보이지 않는다.

하늘이 베푸는 일에는 인내를 갖고, 이승의 일에는
지혜를 갖고 조심스럽게 대하라.

유연하듯 말하라

말할 때는 앞뒤를 잘 살펴서 하라.

경쟁자들과 함께 할 때는 스스로를 경계하기 위해,

타인과 함께 할 때는 자신의 위신을 지키기 위해.

말을 내뱉기 전, 그대에게 시간은 얼마든지 있다.

그러나 한번 내뱉은 말은 주워 담을 수 없다.

말할 때는 마치 유언하듯 하라.

말수가 적을수록 다툴 일도 적다.

침묵은 항상 신의 체취 같은 신비로움을

지니고 있다.

경솔하게 말하는 자는 결국 상대에게 승복당하고 만다.

용기가 없는 지식은 열매를
맺지 못한다

모든 일에 용기를 가져라.

지식은 용기와 함께 할 때 위대함을 낳는다.

지식과 용기는 영원불멸하기 때문이다.

보통사람은 자기가 아는 일만 해낼 수 있지만

현명한 사람은 무엇이나 할 수 있다.

그러나 무지한 사람은 암흑 세계에서 살 수밖에 없다.

성찰과 의지의 관계는 눈과 손의 관계와 같다.

용기가 없는 지식은 절대 열매를 맺지 못한다.

기쁨에 집착하지 마라

기쁨을 붙들고 있지 마라.

붙들고 있다고 무엇이 달라질 것인가.

자신의 행운에 취해 있느니

차라리 남의 행운을 같이 기뻐해 주어라.

그러면 그것이 사라질까 봐 걱정할 필요도 없고

항상 새로움을 느낄 수 있으므로 이중으로 즐길 수 있다.

더불어서 그와 그대의 관계는 더욱 견고해질 것이다.

그러나 그대가 기쁨을 움켜쥐면 상대방에 대한 즐거움은

줄어들고 불안감만 늘어난다.

관대함과 숭고함

관대한 언행은 숭고함을 보장받는다.

자기 행동에 결코 소심해서는 안 된다.

일을 두고 하나하나 따지는 것은 마치 시비를

생산하는 것과 같다.

불쾌한 일일 때는 더욱 그렇다.

때로는 매사를 섬세히 살피는 것이 유익하지만

지나치게 신경을 쓰는 것은 바람직하지 않다.

타인의 호감을 사는 데 중요한 수완은 관대함이다.

친지, 친구, 특히 적들 사이에 놓여 있을 때는

대부분의 일을 못 본 척 지나가라.

그리고 불쾌한 일에 시시콜콜 관여하는 것은 바보 짓이다.

칭찬과 업적

칭찬과 업적을 잘 구별하라.

그러기 위해서는 실천력과 정확함이

필요하다.

칭찬을 받지 못하고 성과만 좋다면 결코

바람직한 일이 아니다.

그러나 칭찬을 받고 성과가 나쁘다면

더욱 나쁜 일이다.

말은 바람과 같아 막을 수가 없다.

인생을 살아가면서 점잔만 빼고 살 수는 없다.

그것은 예의만 차리는 자기 기만이다.

말은 확실한 성과가 나타나야 한다.

그래야 비로소 그대의 가치가 진정으로 살아난다.

열매를 못 맺고 잎사귀만 지닌 나무는 생명력이 없다.

열매를 맺는 나무는 유용하지만,

열매를 맺지 못하는 나무는 그늘만 드리울 뿐임을 알라.

그 어떤 것도 영원히 지속되지 않는다

불행이 다가오는 소리에 귀를 기울여라.

누구에게든 그런 시기가 있게 마련이다.

그때는 제아무리 노력해도 재난은 계속된다.

지혜조차도 밀고 들어오는 재앙 앞에 무릎을 꿇고 만다.

게다가 누구나 항상 지혜로우라는 법은 없다.

사람의 행·불행은 시기가 있는 것이다.

아름다움·사랑·행운…….

그 어떤 것도 이 세상에서 영원히 지속되지 않는다.

살다보면 끝없는 불운의 시기가 있다.

그러나 어느 한 시기에 조금만 노력한다면 모든 것이 잘
풀린다.

그 이유는 이들에게는 긍정의 사고가
이미 준비되어 있기 때문이다.
이럴 때 정신은 집중되어 있고 기분은 최고이며
행운의 별은 빛나고 있다.
이 때 행운의 기회를 잘 포착하라.
그러나 생각이 깊은 사람은 사소한 일을 가지고
어떤 날은 지극히 나쁘다고 하거나
좋다고 말하지는 않는다.
그것은 사소한 불쾌감이나 우연한 행복에 그칠 수 있기 때
문이다.

판단은 느긋하게

남을 쉽게 믿거나 사랑하지 마라.

영혼끼리의 결속은 서서히 우러나는 믿음으로 완성된다.

혹시 상대의 말이 의심스럽더라도

곧장 얼굴에 드러내서는 안 된다.

또한 상대를 사기꾼으로 모는 것은 어리석음의 극치다.

이야기를 들을 때는 판단을 유보하는 것이 현명하다.

하지만 이야기를 듣고 자신의 호의를 금방 드러내는 것

또한 조심성이 없는 짓이다.

세상을 살아가면서 타인과의 관계는

결국 말과 행동이 좌우한다.

지금 이 순간의 소중함을 알라

어리석음이 침범하지 못하게 항상 자신의 마음을
지켜보아라.

이것은 진실로 지혜로운 일이다.

잘 살펴보면 어리석은 일들은 주위 곳곳에 널려 있고
그 세력 또한 엄청나다.

한 개인의 어리석음은 압도할 수 있으나
대중의 어리석음은 피할 수 없다.

자신이 처해 있는 상황이 좋아도 이에 만족하지 못하고
자기 판단이 잘못되어 있음에도 이를 알아차리지 못하는
사람들이 많다.

그들의 특징은 그 순간 확신에 차서

대단히 배타적이라는 데 있다.

그러나 시간이 지나면 그러한 확신은 곧 자기 비하의
나락으로 빠질 것이다.

자기가 가진 것에 만족하지 못하고 남이 가진 것을 부러워
하는 것도 이런 종류의 어리석음이다.

사람들은 어제의 일을 그리워하고 남의 것만 부러워한다.

지난 것은 모두 더 좋아 보이고 미래에 대해서는
환상을 가진다.

지금 이 순간의 소중함을 모르는 자는 매사를
슬퍼하는 자와 마찬가지로 바보다.

행복의 정체

심장과 머리는 인간의 핵심을 이루는 능력의 양대 축이다.
하지만 둘 중 다른 한 쪽이 없이는 행복을 느낄 수 없다.
이성은 여기에 미치지 못한다.
진정 필요한 것은 감성이다.
어리석은 자의 불행은 신분 · 관직 · 땅을 관리할 때,
사람들과 교제할 때, 자신의 소명을
잊고 있는 데서 시작된다.

지혜로운 사람의 장점

자기 시대에 현존하는 사람이 되라.

제아무리 뛰어난 인물도 그 시대의 일부일 뿐이다.

그 누구도 자신에게 어울리는 시대를

선택할 수는 없다.

또 많은 사람들이 자신에게 맞는 시대를 발견했으나

그것에 부합되는 삶을 살지는 못했다.

그리고 어떤 사람들은 그보다 더 나은 시대에 적합한

인물들도 있다.

모든 사물은 나름의 시기를 갖는 법이며,

천부적 재능을 가진 자라도 시대의 흐름을 역행할 수는 없
다.

그러나 지혜로운 철학자에게는 반드시 한 가지 장점이 있다.
그것은 영원불멸한 존재라는 뜻이다.
만일 이 시대가 그에게 맞지 않는다면 그에게 맞는 다른 시대가 반드시 찾아오게 될 것이다.

창의력과 천재성

창의력을 계발하라.

재능을 발휘하는 데는 약간의 광기가 필요하다.

창의력이 천재의 몫이라면 그 이외의 것은 이성을 지닌 사람이라면 누구나 할 수 있는 일이다.

그러나 탁월한 창의적 사고는 하늘이 주는 재능인 만큼 이를 가진 사람은 매우 드물다.

많은 사람들이 다양한 직업에 종사하고 있지만 특별한 창의력은 오직 극소수만 발휘한다.

생각의 힘

매사에 깊이 생각하라. 가장 중요한 일을.

실패한 사람의 대다수는 깊이 생각해야 할 때 생각하지 않
은 과오를 저지른 사람들이다.

그들의 노력은 너무나 미미해서 자신에게 닥쳐 오는

위험이나 행운까지도 미처 깨닫지 못하는

경우가 허다하다.

그들의 지난 일을 돌이켜보면 늘 대수롭지 않은 일에는 큰

가치를 두고, 중요한 일은 경시하는 등

거꾸로 생각한 경우가 많았다.

사실 많은 사람들은 분별력이 없기 때문에

그것을 잃을 염려도 없을 정도다.

그러나 영리한 자는 매사에 거리를 두고 생각한다.
중요한 것을 발견할 전망이 있으면 더욱더 몰두하여
깊이 파고들어간다.
때로는 자기가 생각지 못한 것이 없는지 살펴본다.
그런 식의 깊은 생각을 통해 그들은 지혜로운
길을 발견한다.

독을 취하지 마라

자기 스스로 불행을 만들고 있지는 않은지
항상 철저하게 점검하라.
그것이 지혜로운 자세다.
나쁜 소식은 남에게 전하지 마라.
더더구나 그런 소식을 받아들이는 것조차 피하라.
자신과 남에게 도움이 되는 소식이 아니라면 그것이
내 안에 들어서는 것조차 막아야 한다.
어떤 사람들은 아첨에만 귀를 기울이고,
어떤 사람들은 사악하고 쓰디쓴 험담만 좋아한다.
매일 화나는 일이 한 가지라도 없으면
못 견디는 사람도 있다.

매일 조금씩 독을 마시지 않고는 살 수 없었던

미트리다트 왕처럼.

그러나 어떤 사람이 자신과 가깝다고 해서 그 사람을 위해

자신도 평생 슬픔을 끌어안고 사는 경우,

그것이 자신이나 상대를 위한 행동이라고 할 수 없다.

충고해 주길 원하고는 나 몰라라 빠져 나가는 사람을 위해

그대 자신을 희생하지 마라.

항상 타인에게는 기쁨을, 자신에게는 고통을 주라는

금언이 있긴 하지만.

그러나 상대방이 지금 슬퍼하는 것이

그대가 나중에 혼자서 겪을 슬픔보다는 낫다.

나쁜 평판은 미리 예방하라

주위의 험담에 주의하라.

사람의 머리 수만큼 시기하는 입도 많다.

한번 나쁜 험담이 세상에 돌기 시작하면 명망이 있는

사람일수록 고통도 크다.

비열하게 늘어 놓는 험담들은 한순간에 명망가의 명예를

땅에 떨어뜨릴 수 있다.

그대가 어떤 일로 궁지에 몰렸을 때, 형편이 좋지 않을 때,

우스꽝스러운 잘못, 구설수에 맞는 소재를 제공하는 것이

그런 동기를 줄 수 있다.

노련한 간계꾼들은 타인의 명성을 한 마디의 험담으로

단번에 추락시킬 수 있다.

따라서 누구나 나쁜 평판을 얻기 쉽고,

나쁜 것은 누구나 믿기 쉽기 때문이다.

이를 깨끗이 씻어 내기는 어렵다.

그러니 지혜로운 자는 보통사람들의 몰염치를 경계한다.

명예를 복구하는 것보다 더 쉬운 것이 예방이다.

지혜와 성실의 미덕

지혜와 성실로서 자신의 자리를 마련하라.

참된 명망을 얻는 유일한 방법은 자신의 업적을

쌓는 것이다.

성실성이야말로 진정한 가치의 근원이다.

명성은 지혜와 성실을 통해서만 찾아온다.

제아무리 애를 쓰고 추진해 봐야 업적이 없다면 아무 쓸모

가 없다.

확실한 업적 없는 명망은 흙탕물이라도 맞으면

끝장이다.

능력의 한계를 보이지 마라

능력의 한계를 보이지 마라.

지혜로운 미인은 안개 속에 자신의 모습을 숨길 줄 안다.

지혜로운 자는 모든 사람들에게 존경받을 때,

능력의 깊이를 헤아리지 못하도록 주의한다.

말하자면 사람들이 그를 알되 능력의 한계를 헤아리지

못하게 하는 것이다.

누구도 능력의 한계를 발견하게 해서는 안 된다.

실망할 위험이 있기 때문이다.

그대가 아무리 대단한 재능을 갖고 있어도, 진실을 알고

있는 것보다는 추측과 경외감이라는 베일에 싸여 있는 것

이 사람들에게 더 큰 숭배를 불러일으킨다.

알고도 모른 척하라

때로는 알고도 모른 척하라.

영리한 사람들은 매사에 그렇게 해서 복잡한 일에 말려드
는 것을 스스로 피한다.

자신의 품위를 지키며, 방향을 바꾸어

가장 복잡한 미로에서 빠져나오는 것이다.

얽히고 설킨 싸움에서도 그들은 혼자만 미소를 지으며

잘 빠져나온다.

상대의 부탁을 거절해야 할 때 화제를 슬쩍 바꾸는 것도

그들의 정중한 계략이다.

그것보다 더 훌륭한 방패는 상대방의 말을

못 알아들은 척하는 것이다.

지혜와 대담성

적절한 대담성은 그대의 삶을 밝혀 주는 횃불이다.

타인에게 압도당하지 않으려면

그들을 약간 낮춰 보는 것도 필요하다.

상대의 이미지를 실제보다 아래로 두어라.

대부분의 사람들은 직접 교제해 보기 전까지는 실제보다

훨씬 그럴듯해 보인다.

그러나 실제로 접해 보면 그에 대한

환상이 산산이 깨어지는 경우가 많다.

인간성의 한계를 넘어서는 사람은 그 누구도 없다.

모두가 한 가지씩의 결점을 갖고 있다.

어떤 이는 머리에, 어떤 이는 마음에.

직분과 위엄은 겉치레일 뿐, 그에 걸맞는 인격이 따르는
경우는 드물다.

그러나 그대의 상상력은 늘 실제보다 우위에서 매사를 더
크고 멋지게 그린다.

대부분의 사람들은 실제 있는 일뿐만 아니라
앞으로 있을 수 있는 일까지도 상상한다.

수많은 체험을 거쳐 환상에서 벗어나게 되면
어떤 대상에 대해서도 있는 그대로 보고 듣고 느끼고
말하게 될 것이다.

때로는 자신감이 무식함을 감추는 데 도움이 된다.

생각의 잔칫상을 거둬라

재치도 지나치면 위험하다.

그대를 안전하게 지켜주는 폭넓은 지식은 세상에 대한 이
해력을 가지게 되어서 좋으나 그렇다고 수다쟁이가 되지
는 마라.

지나치게 말이 많고 아는 게 많으면 그 자체에서

싸움의 불씨가 만들어진다.

차라리 필요 이상으로 생각하지 않는

단순한 두뇌가 더 낫다.

지혜로운 자는 침묵한다

사람들은 누구나 자신과 의견이 맞지 않으면
이를 모욕으로 받아들이기 쉽다.
자신의 견해가 상대에게 무시당하는 것은
순간적이나마 존재의 사형 선고라고 느끼기 때문이다.
진리는 오직 소수만을 위해서 있고, 기만은 말할 수 없이
널리 퍼져 있다.
저잣거리에서 함부로 떠드는 자를 현명한 사람이라고
인정해 줄 사람은 드물다.
그 이유는 자신의 목소리로 말하지 않고 일반론을
내뱉고 있기 때문이다.
지혜로운 자는 마음 속에서 아무리 거부하더라도

겉으로는 사람들의 반박을 받기를 피한다.

스스로 다른 사람을 반박하기를 피하듯.

지혜로운 자는 자신의 의견을 내놓는 것을 조심한다.

생각은 저마다의 자유다.

거기에는 어떤 완력도 주어질 수 없고

주어져서도 안 된다.

지혜로운 자는 침묵의 성역으로 자주 몸을 숨긴다.

그러나 때로는 자신을 이해하는 사람들에게는

의견을 드러내기도 한다.

단순해져라

단순해져라.

오지랖이 넓은 사람이나 인기스타들은 주변에

폐를 끼치기 쉽다.

단순한 것이 매력적이고, 일의 진행도 쉽게 한다.

길이가 짧을수록 정중함은 더해진다.

작은 실수는 참을 만하다.

또한 핵심만 단순하게 드러내는 것이 장황함보다 낫다.

특히 그대가 훌륭하다고 느끼는 사람에게

폐가 되지 않도록 주의하라.

그들은 대체로 바쁜 사람들이다.

결국 좋은 말이란 간결한 말이다.

겉치레를 경계하라

겉치레 예절에 결코 속지 마라.

이는 대부분 속임수이다.

어떤 사람들은 마법을 쓰는 데 테살리아의 약초를

쓰지는 않는다.

모자 한 번 벗으면서 허리만 깊숙이 꺾으면

허영심투성이의 바보들은 저절로 마법에 걸려드니까.

매사에 의무처럼 행하는 예절이 진실한 것이다.

겉치레 예절은 기만일 뿐이다.

이는 품행과는 거리가 먼 것으로 타인들을 자기 밑에

종속시키는 수단에 불과하다.

말을 삼가라

세상을 살아가면서 말을 삼가는 것이 가장 현명하고
안전하다.
그대의 입 안에 갇혀 있는 혀는 마치 야수와 같다.
한번 날뛰기 시작하면 그것을 다시 잡아묶기는
지극히 어렵다.
가장 말을 자제해야 할 사람이 마구 떠들어대다가는
최악의 상황이 벌어진다.

내 안의 지혜를 일깨워라

지혜는 자신의 능력을 늘 감춘다.

지혜는 적의 관심을 돌리려고 마음에도 없는

행동을 하다가,

뒤돌아서서는 뜻밖의 카드를 내밀어

마침내 승리를 이끌어 낸다.

그러나 앞서 예리한 관찰력으로 충분히 상대를

숙고하고 염탐한다.

지혜는 사람들이 알려 주는 것의 이면을 파악하고

전혀 모른 체한다.

또 술책을 바꾸려고 게임도 바꾼다.

그리하여 상대에게 실체를 허상처럼 보이게 한다.

그런 때는 완벽한 솔직성에 속임수가 들어 있는 것이다.

그러나 깨어 있는 지혜는 망을 본다.

그리하여 예리한 눈빛을 날카롭게 반짝이며

빛 속에 숨겨진 암흑을 예의 주시한다.

그리하여 지혜는 솔직함 속에 숨어 있는 기만을 찾아내는

암호를 멋지게 밝혀낸다.

변장술 속에 지혜가 있다

자신의 의지를 넌지시 드러내라.

열정은 정신의 창문일 뿐 실제 지혜는

자신의 모습을 감추고 있다.

자신의 패를 드러내는 게임을 하면 질 위험이 있기 때문
이다.

신중한 자는 상대를 조심스레 탐색하며 그와 맞서 싸운다.

그대 마음의 흐름을 아무도 눈치채지 못하게 하라.

사람들이 반박이나 아첨으로 그대의 중심을

흐트러뜨리지 않도록 하기 위해서이다.

적이 알고 있는 나의 급소

적을 잘 이용하라.

적의 칼날은 그대의 급소를 알려준다.

그럼으로써 자신이 미처 알지 못한 급소를

적에 의해 알게 된다.

그러므로 적을 적절하게 잘 이용하라.

지혜로운 자에게는 칼날을 겨누는 적이

어지간한 친구보다 더 낫다.

때로는 호의가 안내하는 넘기 힘든 난관도 악의가

오히려 평탄한 길로 만들어 줄 수 있다.

그리고 증오보다 더 위험한 것은 아첨이다.

증오는 자신의 결함을 없애려 하나
아첨은 그것을 감추기 때문이다.
지혜로운 자는 남의 원망에서 자신의 실체를 볼 수 있다.
이는 호의보다 더 충실하다.
그리하여 누구도 자신을 험담하지 못하게 예방하거나
이를 개선한다.

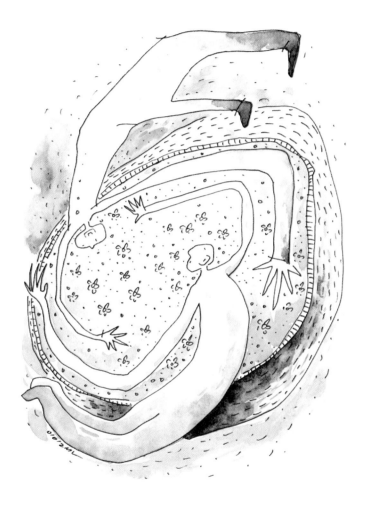

아름다운 상호작용

남과 어울려 지내라.

이는 온전한 사람이 되는 가장 쉽고 빠른 길이다.

교제는 긍정적인 변화를 가져 온다.

알지 못하는 사이에 몸가짐과 취미는 물론

정신까지 공유하게 된다.

따라서 명민한 사람은 자기보다 나은 사람과

어울린다.

이런 교제는 서로의 의견 교환에서도 서로 무리 없이

친근한 분위기를 만들어 낼 수 있다.

서로 전혀 다른 개성을 가진 존재들이 어우러져

세상을 아름답게 만들고 보존한다.

육체적 조화를 이루는 것은 물론 도덕적 조화에서는
더 말할 나위가 없다.
친구와 부하를 선택할 때 이러한 것을 염두에 두어라.
상호대립되는 것과 어울리면 분별 있는
중용의 길을 걸을 수 있다.

신용을 잃지 마라

남으로부터 신용을 잃지 마라.

세상에 그런 사람들이 널려 있을지라도 교활한 사람이 아

닌 신중한 인격을 가진 사람이 되라.

겸허하게 행동하면 모든 사람이 따르게 된다.

그러나 정직함이 우둔함이 되지 않고, 영리함이

악의가 되지 않게 하라.

간계로 두려움을 사기보다는 지혜로 남에게

존경을 받아라.

매사에 솔직 담백한 사람은 사람들과 친밀한 관계를

유지하지만 속아 넘어가기도 쉽다.

부정직하게 보이기 쉬운 것을 감추는

것도 수완이다.

과거의 황금 시대에는 솔직함이 당연한 것이었지만
칼날 같은 시대에는 악의가 판을 친다.

남으로부터 능력 있는 사람이라는 평판을
얻기 위해서라도 부정직하다는 말은 듣지 않아야 한다.

부정직함은 곧장 불신을 불러일으키기 때문에
조심해야 한다.

타인의 욕망을 읽어라

다른 사람의 약점을 잘 이용하라.

이는 그들의 욕구를 불러일으키는 효과적인

도구가 될 수 있다.

어떤 사람은 천박한 사람의 욕망을 발판 삼아

자신들의 목적을 달성하는 계기를 만들 줄 안다.

그들은 남들이 갈망하는 것을 채워 줌으로서 교묘하게 자

신의 목적을 달성한다.

소유했을 때보다 욕구할 때 더 열정적이라는 사실을 알기

때문이다.

자신의 목적을 달성하기 위해서 남을 자신에게

의존하게 만드는 것은 아주 영리한 행동이다.

가까운 사람의 마음을 살펴라

그대 주변 사람들의 마음을 잘 살펴라.

원인을 제대로 알면 동기도 결과도 파악이 된다.

마음이 우울한 자는 불행한 앞날을,

사악한 자는 범죄를 예견한다.

우울하거나 사악한 자는 부정적인 것만 상상할 뿐

좋은 일은 느끼지 못한다.

열정적인 사람은 본질과 동떨어진,

이해하기 어려운 말만 한다.

이것은 자아 도취에서 나오는 것이지 결코 본성에서

우러나오는 말이 아니다.

이렇게 모두가 자기 기분에 도취하여

진실과는 멀어진 삶을 산다.

늘 웃는 자는 바보요, 전혀 웃지 않는 자는

위선자이기 십상이다.

늘 묻는 자도 조심하라.

그는 경솔한 사람이 아니면 염탐꾼이다.

볼품없는 사람에게서는 기대할 것이 없다.

이런 자는 사소한 것에 복수심을 느끼고

누군가가 자기에게 경의를 표시해도 무시해 버리곤 한다.

간청의 미덕

간청할 줄 알아라.

어떤 사람에게는 그 일이 너무 어려운가 하면

어떤 사람에게는 그 일처럼 쉬운 것이 없다.

어떤 사람은 한 번도 거절할 줄 모르는가 하면,

어떤 사람은 무조건 거절하고 본다.

상대에게 간청하게 될 때 거절을 잘하는 사람에게는

적절한 기회를 포착해야 한다.

그가 좋은 기분일 때 재빨리 그의 마음을 사로잡아라.

그가 기뻐하고 있으면 호의 역시 넘칠 것이다.

그러나 다른 사람이 먼저 거절당했거나

슬픈 일을 당했을 때는 접근하지 마라.

남에게 신세지지 마라

절대 남에게 신세지지 마라.

신세를 지게 되면 그 일로 그의 노예가 될 수 있으며,

운이 나쁘면 모든 사람들의 노예가 될 수 있다.

타인의 호의나 선물보다 그대의 자유가 훨씬 더 값지다는

사실을 항상 기억하라.

많은 사람을 자기에게 의탁하게 만들기보다는 스스로가

누구에게도 의지하지 않도록 하라.

그리고 그대가 받는 친절이 꼭 호의라고 하기는 어렵다.

이는 상대방의 의도적인 계략일 수도 있다.

부득이 신세를 지게 될지라도 항상 마음의 등불을

밝게 하여 잘 살펴야 한다.

그대를 바라보는
우주의 눈이 있다

우주의 눈이 항상 그대를 바라보고 있다고 믿어라.
남이 자신을 보고 있다는 사실을 알고 있는
사람의 말과 행동은 진지하고 사려가 깊다.
그는 우주 천지에 자신을 바라보는 눈이 있음을 안다.
그는 혼자 있을 때도 마치 온 세상이 자기를 주시하고
있는 듯이 신중하게 행동한다.
어차피 나중에 다 알게 될 일이라면 혼자 있는 동안에도
우주의 눈에게 반듯한 행동을 보여 주어 앞으로 다가올
행운을 위한 증인으로 삼아라.

거절의 지혜

적절한 선에서 거절할 줄 알아라.

세상을 살면서 가장 중요한 처세술은 사업이나 인간관계
에서 거절해야 할 때 이를 행하는 것이다.

살다 보면 값비싼 시간을 좀먹는 낯설고
괴상한 일들이 수없이 많다.

부적절한 일에 몰두하는 것은 차라리 아무것도 하지 않는
것만 못하다.

사려 깊은 사람은 자기 쪽에서 친구들을 악용해서도 안 되
고, 그들이 허용하는 것 이상을 요구해서도 안 된다.

무엇이든 지나치면 과오를 범하게 되며,

인간관계에서도 마찬가지다.

좋은 일도 나누어서 하라

좋은 일을 하라.

그러나 한꺼번에 다 하지 말고 나누어서 행하라.

남에게 호의를 베풀 때는 그들이 이를 갚지 못할 만큼

지나치게는 부담스럽게는 하지 마라.

너무 많은 것을 주게 되면 베푸는 것이 아니라 부담을 주
는 것이다.

좋은 일을 할 때는 남이 그대의 선행을 알아주기를

바라지 마라.

자기 분수에 넘치게 베풀게 되면

상대는 반드시 교제를 끊을 것이다.

자신이 갖고 있는 것 이상의 재물을 남에게 주려다가

모두 다 잃고 마는 일이 허다하다.
은혜를 입는 사람들은 그 부담을 두려워하여 만나기를
꺼리고 마침내는 은혜 입은 자를 적으로 생각하게 된다.
그러니 선행을 행하더라도 부담이 적은 것을 주어
존경을 받아라.

친구를 활용하라

친구를 활용하라.

그러기 위해서는 센스가 있어야 한다.

어떤 친구는 멀리 있을 때 좋고, 어떤 친구는

가까이 있을 때 좋다.

또 어떤 친구는 대화에는 서로 맞지 않으나 편지를

주고받기에는 제격이기도 하다.

그런 친구는 가까이 있을 때는 참기 어려울 정도로

갈등을 느끼지만 떨어져 있을 때는 좋은 친구가 된다.

친구와는 여흥을 즐길 뿐 아니라

서로 도울 줄도 알아야 한다.

친구란 우애 · 자비 · 진실, 이 세 가지 속성을

지녀야 한다.

세상을 살아가려면 친구는 무엇보다 소중하다.

좋은 친구가 되기에 적합한 사람은 소수이다.

게다가 선택할 줄 모르면 그 폭은 더욱 좁아진다.

오랜 친구 관계를 유지하는 일이

새 친구를 얻는 것보다 더 소중하다.

오래 가는 친구를 구하라.

갓 사귄 친구라도 오랜 친구가 될 수 있다는

희망을 가져라.

가장 좋은 친구는 그대의 잘못을

신랄하게 충고해 주는 사람이다.

친구가 없는 인생보다 슬프고 적막한 것은 없다.

우정은 좋은 것을 같이 키우고, 나쁜 것을 서로 나눈다.

이는 불행을 막아내는 수단이며,

영혼의 자유로운 호흡과도 같다.

행동하기 전에 통찰하라

행동하기 전에 깊이 통찰하라.

모든 고집은 정신의 굳은살이요, 눈을 가리고

날뛰는 열정의 결과물이다.

매사에 분쟁거리를 만드는 사람들이 있다.

그들의 특징은 인간관계에서 늘 상대의 우위에 있으려 한다.

그들은 마침내 당파를 만들고, 유순한 사람들을

적으로 삼는다.

남들이 그들의 그릇된 의도를 알아차리면 적대시하고, 그릇
된 의도를 가로막아 버리기 때문에, 어느 것도 이룰 수 없다.

비뚤어진 생각과 흉악한 마음의 소유자들은 당연히 뼈저
린 외로움에 빠질 수밖에 없다.

자신을 돋보이게 하는 사람과 어울려라

그대를 보잘것없게 만드는 사람들은 반드시 피하라.

장점이 많아 보이는 자가 존경도 더 받는다.

그런 사람이 주역이 되면 그대는 들러리가

될 뿐이다.

그러니 그대를 뛰어넘는 사람과 어울릴 것이 아니라

주변인들로 인해 자신이 돋보이는 사람과 어울려라.

베 짜는 여신 파불라도 그녀를 따르는 시녀들이 못생긴데

다가 낡은 옷을 입고 있었기 때문에 군신에게

아름답게 보일 수 있었다.

그렇다고 그대보다 못한 친구들과 어울려 자신을 위험에

빠뜨리거나 자신의 명망을 희생시키는 것은 곤란하다.
아직 배워 가는 과정에 있으면
탁월한 사람들 편에 서라.
하지만 그대가 이미 성공한 사람이라면
평범한 사람들 편에 서는 것이 낫다.

보편성의 미덕

보편적인 생각을 갖고 살아라.

보편성을 지닌 사람은 교제하는 사람들 사이에 그것의

즐거움을 전하고, 주어진 삶을 더욱 아름답게 한다.

보편적이고 다양한 능력은 최고의 기쁨을 선사한다.

모든 일에서 즐거움을 찾을 줄 아는 것은

위대한 예술이라고 할 수 있다.

자연이 인간을 끌어올려 전체 피조물의 집합체로 만들었

듯이 예술도 지성과 취미를 훈육하여

인간을 소우주로 만든다.

아량 · 관대 · 신뢰를 잃지 마라

누구에게나 좋은 상대가 되라.
분별력이 있는 사람은 비록 상대가 적대감을 갖더라도
결국은 존경을 받는다.
적과 싸울 때도 아량 있는 자가 갈채를 받는다.
따라서 단지 우월감만 믿고 싸울 것이 아니라
싸우는 법을 알고 제대로 싸워 승리하라.
비열한 승리는 영예가 아니라 패배이다.
그것이야말로 감춰진 무기를 쓰는 것과 같다.
우정의 끝을 증오의 시작으로 삼는 것 또한
비열한 무기를 쓰는 것과 같다.
사람은 상대방의 신뢰를 복수에 이용해서는

안 된다.

배신한 후에 냄새를 풍기면 훌륭한 명성이

더럽혀지기 때문이다.

신중한 사람은 비열함을 멀리해야 한다.

비록 세상에서 아량·관대·신뢰를 잃었더라도

언젠가는 그것들을 다시 찾을 수 있을 것이라는 희망을 가

져라.

진정한 승리

상대에게 관용을 베풀어 승리하라.

적을 이긴 후 그를 끌어안아 주는 것은 영웅적인 복수이다.

이것은 바로 관용과 공을 겸비한 자의 태도이다.

그렇게 해서 얻은 찬사는 다른 경쟁자의 목을 조이는 강력
한 끈이 된다.

또 그로 인한 명성은 경쟁자로서는 가장 혹독한 벌이다.

반면 타인의 행운을 질투하는 자는 찬사의 음성이

상대방에게 울려퍼질 때마다 죽음의 고통을 겪는다.

한 사람의 명성이 질투하는 사람에게는 고통으로 변한다.

그러기에 전자는 영예 속에서, 후자는 고뇌 속에서 산다.

철면피를 멀리하라

아무 일에나 마구 뛰어드는 자를 멀리하라.

그런 사람은 수치심도 걱정도 없어 앞만 보고 돌진한다.

그런 사람은 모든 것이 끝장나서

더 이상 잃을 것이 없는 상태이기 때문이다.

그렇기 때문에 어떤 일에도 망설임없이 달려든다.

아무리 극단적인 상황에 처했다 할지라도 자신을 함부로

내던져서는 안 된다.

훌륭한 평판을 얻는 데는 수년이 걸리지만

눈 깜짝할 사이에 모든 것을 잃을 수도 있다.

고매한 인격과 명예가 있는 사람은 이런 위험한 사람을 가

까이 할 경우 순식간에 모든 걸 잃게 된다.

자기 위신의 중요성을 다시 한 번 깊이 생각하라.

남의 일에 관여할 때는 신중하게 하고,

일에 착수할 때는 냉철하게 하라.

그리고 적당한 때에 물러서서 자신의 명망을 안전하게
지킬 준비를 갖춰라.

한번 잃어버린 명예는 결코 다시 얻기 힘들다.

평화적 자세를 취하라

비단결 같은 말과 친절로 상대를 대하라.
화살은 몸을 찌르나 나쁜 말은 상대의 마음을 찌른다.
천 냥 빚도 말 한 마디로 갚을 수 있다.
또한 말은 불가능을 가능케 하는 위력이 있다.
언제나 입에 설탕이라도 바른 것처럼 말하라,
그대의 적에게조차 달콤함이 넘치도록.
남으로부터 호감을 사는 유일한 방법은 평화적
태도를 취하는 일이다.

빈정거림의 묘미

때로는 빈정거릴 줄도 알아야 한다.

이는 사람과의 교제에 있어 가장 섬세한 기술이다.

상대의 기분, 감정을 시험하기 위해 일부러 툭툭 내뱉는

빈정거림은 타인의 마음을 은밀하고

효과적으로 시험할 수 있다.

그러나 빈정거림 중에는 사악하고 뻔뻔스러우며,

질투심의 독을 섞어 놓은 것도 있다.

어떤 음모나 사람들의 미움에도 끄덕하지 않던 사람도

그런 종류의 빈정거림에는 지위 고하를 막론하고

이성을 잃는 수가 있다.

그런가 하면 어떤 빈정거림은 우리의 명망을

더욱 확고히 하여 정반대의 효과를 가져온다.

그러나 그 빈정거림이 가진 수완만큼 조심성을 갖고

그것을 잘 파악하여 다가올 미래를 예상해야 한다.

왜냐하면 닥쳐올 재앙을 알아야 그것을 방비할 수 있으며,

그전에 쏘았던 총은 과녁을 빗나갈 수 있기 때문이다.

따라하지 마라

경쟁자가 하는 것을 절대로 따라하지 마라.

그대가 우둔하다면 경쟁자의 지혜를 결코 알아볼 수

없을 것이다.

왜냐하면 그의 뒷모습만 보게 될 것이므로.

그대에게 조금이라도 지혜가 있다면 경쟁자가

이미 남겨놓은 발자국 위에

결코 발을 내딛지는 않을 것이다.

지식은 길고 인생은 짧다

자신에게 도움이 되는 인물을 항상 확보하라.

그대보다 훌륭한 자를 후원자로 삼을 수 있다면 이는

인생 최고의 행운이다.

지식은 길고 인생은 짧다.

따라서 무지한 자는 참다운 인생을 산다고 할 수 없다.

많은 후원자를 통해 자신의 꿈을

실현하는 것은 지극히 현명한 일이다.

지혜로운 사람은 스스로가 여러 가지 교훈을 모아

그 지식의 정수를 우리에게 펼쳐 보인다.

하지만 현인들을 직접 후원자로 만들 수 없을 때는

교제를 통해 그들의 도움을 얻어라.

지혜의 아카데미를 찾아라

자신보다 지적 수준이 높은 사람과 교제하라.

우정 어린 교제는 지식의 학습장이며 즐거움을 준다.

친구를 스승 삼아 배움과 즐거움을 동시에 얻을 수 있다.

그러므로 신중한 사람은 허영에 가득 찬 궁전보다

위대함이 서려 있는 집을 방문한다.

그런 친구의 집에는 세상을 살아가는 적절한 처세와

지혜로 명성을 떨친 사람들이 모여들게 마련이다.

그런 친구에게는 자신이 본보기가 되고, 또 그들이 말하는

위대한 예언과, 그들이 사귀는 사람들, 그리고

그들을 둘러싼 무리들로 인해 온갖 훌륭하고 고귀한

지혜의 아카데미가 열려 있다.

좋은 취미를 가진 이들과
교제하라

좋은 취미를 가져라.

그가 지닌 취미를 살펴보면 그 영혼의 고귀함을

알 수 있다.

어지간히 대담한 일도 탁월한 정신의 심판을 무서워하고

완벽한 예술작품도 평론가 앞에서는 두려움에 떤다.

아주 빼어난 인물은 드물고,

좋은 평판을 받는 사람도 많지 않기 때문이다.

따라서 고상한 취미를 가진 사람과 가까이 하면

스스로의 품격이 그만큼 높아진다.

혐오감을 자제하라

혐오감을 표현할 때는 극히 조심하라.

우리는 종종 그 사람의 됨됨이를 알기도 전에

혐오감을 먼저 가질 수가 있다.

이 천박한 반감은 때때로 아주 훌륭한 사람을 대상으로

삼을 때도 있다.

그대의 빼어난 지혜로 이같은 나쁜 감정은 반드시

막아야 한다.

왜냐하면 그대보다 더 나은 사람을 혐오하는 것보다 더

치명적인 독극물은 없으니까.

냉정함은 고립을 부른다

타인을 결코 냉정하게 대하지 마라.

무뚝뚝함은 자기 자신을 잘 알지 못한 마음에서 오는

잘못된 태도이다.

잘 알지도 못하는 사람을 냉정하게 대함으로써

그를 화나게 하는 것은 바보들이나 하는 짓이다.

그런데도 항상 반항적이고 비인간적인 태도를 보이는

무뚝뚝한 사람이 있다.

가혹한 운명에 처해 어쩔 수 없이 그에게 조언을 구하거나

도움을 받고자 하는 사람은 마치 호랑이와 싸울 때처럼

공포에 사로잡혀 잔뜩 마음의 무장을 하고

그에게 다가가야 한다.

그런 냉정한 사람은 지금의 그가 있기까지
다른 사람의 호감을 사는 법을 알고서 처세했으나
이제 목적을 이룬 이상 모든 사람을 냉담하게
대함으로써 그에 대한 보상을 받고자 하는 마음이기 쉽다.
그의 사회적 위치는 많은 사람들에게 도움을 주어야 하나
그의 뼛속에 박힌 반항과 오만함은 아무런
도움을 주지 못한다.
그런 사람을 멋있게 징계하는 방법이 있다.
즉, 그와 교제를 끊으면 가엾은 보상심리에 휩싸인
그의 오만과 편견은 아침이슬이 되고 말 것이다.

미리 경계하라

그대를 적대시하는 자와 정면 대결하지 마라.

우선 상대방의 적대감이 계략에서 나오는지

시기심에서 나오는지 잘 구분해야 한다.

그리고 그것에 말려들지 않도록 항상 조심하라.

미리 알아서 경계하는 것보다 더 훌륭한

반대 계략은 없다.

대화는 기술이다

대화의 기술을 개발하라.

사람은 결국 대화로써 상대에게 자신을 드러낸다.

인생에서 이보다 더 큰 주의를 요하는 일은 없다.

대화가 너무 일상적이기 때문이다.

대화로 인해 사람은 유명해지거나 몰락한다.

편지는 깊은 생각의 결과물이기 때문에

조심해야 하지만, 아무런 준비 없이 재치만으로

이루어지는 일상의 대화는 더욱 그렇다.

원숙한 자들은 타인의 혀 속에서 영혼의 맥을 발견한다.

소크라테스는 이렇게 말했다.

"말하라, 그러면 내가 너를 볼 수 있나니!"

어떤 사람들은
마치 헐렁한 옷처럼 느슨하고 기술 따위를 쓰지
않는 것이 진정한 대화의 기술이라고 생각한다.
이는 친한 친구 사이에서는 가능하나, 중요한 사람과
대화할 때는 사뭇 다르다.
자신이 말하고자 하는 내용을 함축하여 나타낼 수 있어야
한다.
이를 달성하려면 기본적으로 상대방의 기분이나
관점에 자신을 맞춰야 한다.
말하는 데는 능숙한 달변보다 사려 깊은 분별력을
갖는 것이 더욱 중요하기 때문이다.

자신을 예의로 감싸라

거만한 자, 고집쟁이, 오만한 자, 바보라고 생각이 드는
자에게 늘 예의를 갖춰라.

사람은 살아가면서 많은 사람들과 만난다.

그들과 부딪히지 않는 것이 현명하다.

그들과 거리를 두면 지극히 안전하다.

또 그들이 꾸미는 일을 일부러 못 본 체하는 것도
영리한 수법이다.

매사를 예의로 굳게 포장해 버리면 그런 사람들이
꾸며내는 온갖 복잡한 사건에서 간단히 벗어날 수 있다.

늘 평정을 유지하라

우정을 나누면서 순간적인 감정에 휘둘리지 마라.
좋은 우정도 순식간에 깨어져
주변을 어리둥절하게 만들 수 있다.
이는 거짓과 반감으로 가득 찬 것들이다.
그런 사람들의 마음 상태는 농담도 진담도 견디지 못하고
모든 신경이 자기 눈동자보다 더 연약하다.
그리고 별 의미 없는 사소한 일에 기분이
상하기 일쑤다.
그들은 대부분 신경질적으로,
자기 기분의 노예 상태임을 모른다.
스스로 자기 환상에 빠져 자기 명예를 우상처럼

숭배하는 이도 있다.
반면에 진실로 자신을 사랑하는 사람의 감정은
다이아몬드처럼 단단하고 안정적이다.

아픔과 기쁨을
쉽게 드러내지 마라

남에게 약점을 보이지 마라.

그러면 상대는 그곳을 노릴 것이다.

그리고 아픔을 하소연하지 마라.

악의를 가진 사람은 늘 약점이 있는 곳을 노리기 때문이다.

그대가 분노하면 타인의 기분만 북돋울 뿐

아무 쓸모가 없다.

나쁜 의도를 가진 자는 상대의 아픈 곳을 찾을 때까지

수없이 시도할 것이다.

그러나 신중한 자는 자신의 상처를 남에게

말하지 않고 개인적 불행을 결코 드러내지 않는다.

때로는 운명조차도 그대의 가장 아픈 곳을

찌르기를 좋아한다.

그러니 아픈 것도 기쁜 것도 절대 드러내지 마라.

전자는 끝나도록,

후자는 지속되도록 하기 위해서이다.

마음의 칼을 뽑지 마라

함부로 마음의 칼을 뽑지 마라.

그대가 타인을 적대시하면 그들도 반드시

그대를 중상모략하고 꺾으려고 할 것이다.

경쟁자들은 언젠가 그대가 조심성 없이 저지른

잘못을 들추어 낸다.

그들이 격분하면 이미 사장된 욕을 다시 땅에서

파내어 오래 된 악취를 모든 사람들에게 공개한다.

경쟁자는 중상 모략은 물론 자기에게 유리하다 싶으면

뭐든 한다.

그러나 상대에 대해 호의적인 태도를 보이면 늘 평화롭고,

명망이 있는 사람들과 어울릴 수 있다.

교제에도 주체성이 필요하다

가끔은 허물없는 교제를 재점검하라.

상대에게 신뢰감을 너무 많이 보이면 그대의 빼어남이

빛을 잃게 될 수도 있다.

자신의 모든 것을 남에게 보여 주면 자신에 대한

공경마저 빼앗긴다.

하늘의 별은 우리보다 높고 멀리 떠 있기 때문에

그 찬란함을 유지하듯, 신적인 것은 경외심을 낳는다.

하지만 허물없음은 결국 자신을 향한 경멸의 길을

터주게 마련이다.

세상사가 모두 그렇다.

그대의 신뢰감을 듬뿍 받는 사람일수록 그대를

경시하기 쉽다.

그에 대한 호감이 깊음을 공공연히 드러내는 것은
결국 자신을 깎아내리는 짓이다.

자기보다 높은 자에게 너무 기대지 마라.

이는 매우 위험하다.

그리고 자기보다 낮은 자를 믿지 마라.

이는 자신을 볼품없게 만든다.

그들에게 호의를 보이면 그들은 이를
그대의 의무로 오해한다.

주체성 없는 붙임성은 비천함과 닮은꼴이다.

우정의 문을 활짝 열어라

언제나 마음을 열고 많은 사람과 친분을 나누어라.

교제가 불가능한 사람은 몹시 어리석은 사람이다.

아무리 뛰어난 사람도 우정 어린 충고를 받아들일 공간은
남겨두어야 한다.

왕의 권력을 가진 자도 평화로운 우정을
배척하면 안 된다.

만약 이것을 배척하게 되면 영혼의 문을 패쇄하는
그를 아무도 말릴 수 없으므로 결국은 몰락하고 만다.

매사에 뛰어난 능력을 가진 사람도 우정에는 항상 마음의
문을 열어야 한다.

우정은 고단한 삶에 축복의 단비를 내린다.

절친한 친구에게는 그대가 질책할 수 있는 자유가
있어야 한다.
그러면 친구의 충직함과 분별력에 대해 우리는 만족하게
되고, 마침내 그대는 권위를 얻게 될 것이다.
그렇다고 아무에게나 신뢰를 보여주어서는 안 된다.
자신을 지키려는 사람들의 마음 속 깊은 곳에는
질책과 경고를 통해 잘못된 오류에 빠지는 것을 막아 주는
시스템이 있다.
진실한 우정을 베푸는 사람에게 고마워하고 소중함을
알 수 있게 시스템은 작동하라.

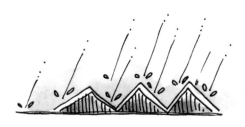

모욕을 칭찬으로 바꾸는 기술

그대에게 욕설을 하는 자에게 찬사를 보내라.

복수하는 것보다 모욕을 피하는 것이 더 현명한 일이다.

적수가 되기 쉬운 사람을 신뢰하는 상대로 만드는 것은

매우 지혜로운 일이다.

그에게 깊은 호의를 보여 그의 입에서 모욕 대신

항상 감사의 말이 넘치게 하라.

시간이 지나면 그대의 인내와 지혜에 의해 욕설은 줄어들

고 감사의 말은 넘치게 된다.

첫인상에 매료되지 마라

상대방의 첫인상을 보고 됨됨이를 규정짓지 마라.
어떤 사람은 첫번째 정보만은 귀담아듣고 그 이후부터는
곧장 귀를 닫아 버린다.
그러나 거짓은 대개 첫번째로 등장하므로
뒤따르는 진실에게 관심이 없어진다.
첫번째 정보로 우리의 오성이며
눈이 멀게 해서는 안 된다.
이는 그대 정신의 빈약함을 단번에 드러내는 격이다.
그것이 주변에 알려지면 파멸 쪽으로
성큼 다가가게 된다.
그렇게 되면 그대의 그런 잘못된 습관을 악용하려는

나쁘고 간악한 세력이 몰려들기 때문이다.

간악한 자들은 자신을 쉽게 믿는 순진한 사람들을

자기 패로 끌어들이려고 치밀하게 움직인다.

그러니 항상 그 사람의 두 번째, 세 번째의 정보에도 마음

의 문을 열어 놓아라.

첫인상에 대뜸 마음이 기울어지는 것은 자신의

능력 부족을 드러내는 것이며,

가볍고 위험한 열정이기도 하다.

교육의 필요성

인간이 태어날 때는 야만스럽기 그지없지만
교육으로 인해 새롭게 변화한다.

교육이 사람을 만든다.

이 세상에 지식보다 더 사람을 우아하게 만드는 것은 없다.

그러나 지식이 멋을 잃으면 꼴불견이다.

그 사람의 지식뿐 아니라 언행이며 생각도 우아해야 한다.

생각 · 언행 · 옷차림이 더할 나위 없이 자연스럽고 품격이
있는 사람이 있다.

이것은 나무껍질과 비교할 수 있다.

어떤 사람은 너무 거칠어서 자신이 가진 빼어남조차
참을 수 없는 야만성으로 연출하는 경우가 있다.

과실을 감출 줄 알아라

반국가적 행위는 될 수 있는 대로 삼가라.

아무리 교육수준이 높은 국민이라도 이웃국민에게
비난받을 만한 것이 있다.

이웃국가들은 자신들의 과실을 다른 나라의 과실로
뒤집어씌우려 한다.

그러므로 자국의 결점을 개선하거나 감추는 것은
당연한 것이다.

지위·직업, 그리고 자신의 나이에서 저지르는
과실의 경우에도 마찬가지이다.

이것이 억제되지 않고 계속 쌓이면 견딜 수 없는
괴로움을 낳는다.

200

끝을 생각하면서 가라

마지막을 생각하라.

환호의 현관을 지나 행복의 방으로 들어선 사람은

반드시 통탄을 통과하여 집 밖으로 나온다.

물론 이 세상에는 그 반대의 경우도 많다.

그대는 항상 마지막을 생각하며 행복한 퇴장을 그려라.

처음 들어설 때의 갈채 소리는 중요하지 않다.

그러나 물러설 때 받는 갈채야말로 위대하다.

왜냐하면 행운이라는 그림자가 퇴장하는 자의

문지방까지 따라나가는 경우는 매우 드물기 때문이다.

세상에 처음 등장하는 자는 후한 대접을 받으나

퇴장하는 자는 경멸당하기 쉽다.

감출 것과 알릴 것을 구분하라

그 누구도 서로 완전히 소유할 수는 없다.
친척간에도, 친구간에도, 아무리 은혜를 입은
사이라도 서로를 완전히 소유할 수는 없다.
왜냐하면 신뢰하는 것과 호의를 보이는 것은
서로 다른 일이므로
아무리 가까운 사이라도 비밀이 있으며,
그런 일로 우정에 금이 가지는 않는다.
친구도 그만이 간직한 비밀이 있고, 심지어 아들도
아버지에게 감출 것이 있다.
그러니 감춰야 할 것과 드러내야 할 것을
지혜롭게 분별하라.

독창성을 길러라

독창적 생각을 갖고 이를 적절하게 표현하는 사람은
뛰어난 사람이다.
그런 사람을 보는 눈을 키워라.
그는 그대의 정신을 일깨워 줄 것이다.
그대 의견에 동조하는 사람만을 가까이 해서는 안 된다.
그런 사람은 대부분 자신만을 사랑한다.
오히려 남보다 빼어난 것에서 결함을 찾아내는
사람의 질책을 영예로 받아들여라.
만약 그대가 하는 일이 모든 사람의 마음에 든다면
이는 서글픈 일이다.
정말 탁월한 것은 소수의 사람만 알 수 있다.

잘못은 즉시 인정하라

그대의 명망이 아무리 높더라도 잘못이 있으면 즉시
이를 인정하라.
누구나 크고 작은 실수를 하면서 세상을 살아간다.
훌륭한 사람에게도 이런저런 문제점이 있을 수 있지만
그 때문에 그의 인격이나 사회적 지위가
손상되지는 않는다.
과실을 인정하게 되면 한때의 추락은 있을 수 있으나
그 대신 마음의 자유를 얻는다.
세상에 완벽한 사람은 없다.
과실이 드러났을 때 훌륭한 인격자와
비천한 인격자를 알아볼 수 있다.

현명함은 나라고 하는 자아가 없을 때 나온다

자신과 타인의 견해를 절충하라.

누구나 이해 관계에 따라 행동을 하며 나름대로

충분한 근거를 갖고 있다고 생각한다.

그러나 서로 상반되는 의견은 충돌을 하게 된다.

이렇게 일이 얽히면 현명한 자는 좀더 깊이 생각하고

일을 처리한다.

상대방의 입장에 서서 그의 의견을 곰곰이 검토해 보라.

그러면 더 이상 고집을 피우며 상대방을 비난하거나

자기만 옳다고 하지는 않을 것이다.

냉정한 분석력을 길러라

냉정한 분석력을 길러라.
영리한 사람의 분석력은 신중한 사람의
자제력과 맞먹는다.
우리가 낯선 사람을 분석하려면 고도의 훈련이 필요하다.
낯선 사람의 심성과 성품을 한눈에 분석할 수 있는 것은
삶의 여정에서 매우 중요한 일이다.
쇳소리를 들어 보면 그 쇠의 성분과 품질을 알 수 있듯이
그 사람의 말을 들어 보면 그 됨됨이를 알 수 있다.
말은 사람의 내면은 물론
행동을 나타내는 징표가 된다.

주제 넘게 나서지 마라

매사에 주제 넘게 나서지 마라.

그러면 상대에게 무시당할 것이다.

남에게 인정받고 싶으면 스스로를 존중하라.

남이 진정으로 원할 때 가라.

그래야 그들의 환영을 받을 것이다.

남이 원하지 않으면 가지 마라.

만약에 가게 되면 그들이 떠나라고 하지 않아도

스스로가 괴로워서 떠나게 될 것이다.

누가 시키지도 않은 일을 감행하는 사람은 그 일이

틀어질 경우 모든 비난을 감수해야 하고, 설사 일이 잘 되

더라도 아무도 그에게 고마워하지 않을 것이다.

다양한 정보를 입수하라

다양한 분야의 일을 모색해 보아라.
여러 분야의 일을 주의 깊게 살펴보면 세상살이의
다양성을 파악할 수 있다.
어떤 분야는 용기를, 어떤 분야는 예리한 지성을 요구한다.
수완이 필요한 분야보다 공정함이 더 큰 비중을 차지하는
분야에서 일하는 것이 쉽다.
더욱이 우둔한 자를 다스리는 것은 힘든 일이다.
분별 없는 사람을 다스리는 데는 곱절의 분별력이
필요하기 때문이다.
그러나 한정된 시간, 한정된 자료로 한 사람에게서
너무 많은 것을 요구하면 견디지 못한다.

비록 궁핍하더라도 좀더 자유롭거나 변화가 있는
분야가 더 낫다.
변화는 자신의 정신을 새롭게 한다.
종속됨이 없거나, 그것이 작은 것이 바람직하며, 죽도록
땀을 흘려야 하는 분야는 가장 나쁜 것이다.

타인의 목소리에 귀를 기울여라

많은 사람이 좋아하는 것을 간단히 일축하지 마라.
좋은 것은 여러 사람이 마음에 들기 때문이다.
홀로 떨어져 누군가를 비난하는 자는 항상
의심에 차 있다.
그런 행동을 하는 사람은 자신이 비난하는 대상을
의심하는 것이 아니라 바로 그 자신을 의심하는 것이다.
그런 자는 항상 자기 생각에 빠져 허우적댄다.
매력이 없는 사람일수록 자신의 무능을 감추려고 상대를
무조건 비난하는 경향이 있다.
모든 사람들이 좋아하는 것은 그것이 타당하거나
그렇게 되기를 바라고 있다.

훌륭한 수완

세상에는 남이 받은 은혜를 마치 자기가 베푼 것처럼
보이게 하는 수완을 갖고 있는 사람들이 있다.
그들은 자기의 이득을 마치 남의 이득처럼
보이게 하고, 남을 위해 봉사한 것처럼
그럴듯하게 꾸민다.
그들은 또 남이 자기에게 베푼 호의를
당연한 것으로 받아들인다.
이는 훌륭한 수완이다.
그러나 더 훌륭한 수완은 이런 어리석은 거래를 그만두고
각자에게 그 영예를 돌려 주는 일이다.

소심함을 벗어 던져라

큰 행운을 손에 잡으려면 그만큼 큰 손을 가져야 한다.
커다란 행운을 맞이할 가치가 있는 사람은
그런 행운 앞에서 결코 당황하지 않는다.
똑같은 상황이라도 어떤 사람은 포만감을 느끼고,
어떤 사람은 여전히 배고픔을 느낀다.
이것은 소심함과 대범함의 차이다.
대부분의 소심한 사람은 높은 관직을 위해서
태어나지도 교육받지도 못했다.
그가 세속의 명예를 얻을 경우 그 명예의 향기가 자신의
머리를 어지럽힌 나머지 추락할 위험이 있다.

그것은 그 사람의 마음 속에 행운이 설 땅이 너무 비좁기
때문이다.
그러나 위대한 사람은 어떤 일도 받아들일
커다란 공간이 있다.
그는 소심함에 빠지지 않기 위해 항상 주의를 기울여
노력한다.

거짓도 진실도 다 드러내지 마라

절대로 거짓말을 하지 마라.

그렇다고 상대에게 모든 진실을 말하지도 마라.

이 세상에서 진실처럼 조심해야 할 것은 없다.

이는 가슴의 피를 뽑아내는 것보다 더 위험하다.

진실도 침묵도 동일한 비중으로 중요하다.

완벽하게 유지해 온 명성을 단 한 번의 거짓말로

일시에 잃을 수 있다.

하지만 모든 진실을 다 말할 필요는 없다.

때로는 우리 자신을 위해서,

때로는 다른 사람들 때문에.

상대의 마음을 파악하라

상대의 마음 상태를 잘 파악하라.

그러지 않으면 곤혹을 당할 수도 있다.

같은 말이라도 어떤 사람에게는 아첨이 되고

어떤 사람에게는 모욕이 된다.

때로는 누군가를 기쁘게 하려던 의도가 그를 불쾌하게

하여 엄청난 대가를 치르기도 한다.

상대의 생각이나 가치관, 관념 등을 알지 못하면

그를 만족시키기 힘들다.

그리고 능변으로 상대를 즐겁게 해 주려다가 험담이 되어

기분을 망치게 할 수도 있다.

매사를 새롭게 발견하는 사람

통찰력과 판단력을 단련하라.

정확한 판단력과 통찰력을 지닌 사람은

사물에 지배당하지 않고 사물을 잘 다스린다.

그들은 사람을 이해하고 실체를 파악할 줄 안다.

그리고 섬세한 관찰을 통해 상대에게 감춰진 내면의

세계를 해독해 낼 줄도 안다.

그는 예리하게 주시하고 철저하게 파악하고

올바르게 판단한다.

매사를 늘 새롭게 발견하며, 이해해야 한다.

때로는 은둔자가 되어라

약간은 모호함을 지녀라.
이 세상 대부분의 사람들은 그들이
이해되는 것을 대수롭지 않게 여기고 잘 파악되지 않는,
마치 안개 속 같은 것을 숭배하는 경향이 있다.
사람들은 무엇을 소중히 여길까.
자신의 노고가 깃들어 있는 것을 소중히 여긴다.
사람들이 그대를 찾아다니는 노고를
투자하게끔 행동하라.
이것이 은둔자가 종종 유명해지는 이유이다.
그대는 늘 현명하고 영리하게 보이도록 하라.
그래야 사람들의 평판도 높아진다.

그러나 절대로 과장하지 말아라.

따라서 통찰력 있는 사람들에게는 생각과 분별이

중요하지만, 대개의 사람들에게는 타인으로부터

자신을 감추는 일이 필요하다.

그 이유는 숨겨진 것은 경외심을 일으키게

마련이기 때문이다.

불행한 결과의 대안을 준비하라

비난을 남에게 돌릴 줄 알아라.

악의 통치자로서 대항하는 방패를 갖는 것은 술책이다.

이는 시기자들이 말하듯 결코 무능력에서 나오는 것이

아니라, 참담한 실패로부터 잠시 몸을 피하는

고도의 계산이다.

매사가 다 자신의 생각대로 잘 될 수는 없고, 더욱이

모두를 만족시킬 수는 없다.

그러니 자족하기 위해서라도 불행한 결과의

뒤치다꺼리를 할 수 있는

희생양을 두는 것이 반드시 필요하다.

사랑과 존경

남의 존경과 사랑을 동시에 받기는 매우 어렵다.

존경을 받기 위해서는 사랑을 포기하는 것이 현명하다.

사랑은 증오보다도 그 가치가 덜하다.

호감과 존경은 함께 하기가 어렵다.

너무 두려운 존재가 되어서도 안 되지만

지나치게 사랑을 받는 것도 삼가는 게 좋다.

사랑을 하면 남을 신뢰하게 되고,

신뢰가 쌓일수록 존경심은 그만큼 후퇴한다.

차라리 사람들에게서 존경을 받는 것이 그들의 헌신적인

사랑을 받는 것보다 낫다.

바보와 현자

바보처럼 죽지 마라.

대부분의 바보는 너무 많은 생각에 눌려 있다.

어떤 사람들은 생각하고 느끼기 때문에 죽고, 어떤

사람들은 생각도 안 하고 느끼지도 못하기 때문에 산다.

그 이유는 후자는 고통 없이 죽기 때문에 바보요,

전자는 고통으로 죽기 때문에 바보다.

그리고 지나친 분별력으로 죽는 자도 바보다.

어떤 사람들은 분별력이 있어서 죽고, 어떤 사람들은

분별력이 없어서 산다.

많은 사람들이 바보처럼 죽지만 진짜 바보는

잘 죽지도 않는다.

순진함이 악덕일 수도 있다

순진한 것이 미덕은 아니다.

뱀같이 교활하고 비둘기처럼 순진한 마음을 가져라.

정직한 사람은 속기 쉽다.

거짓말 안 하는 사람은 남을 쉽게 믿고, 속이지 않는

사람 또한 쉽게 남을 신뢰한다.

그러나 이는 어리석기 때문이 아니라 그에 대한

호의 때문에 속아 주는 것일 수 있다.

세상에는 속임수를 피하는 데 능숙한 두 종류의

사람이 있다. 그것은 경험 있는 사람과 교활한 사람이다.

경험 있는 자는 그들에게서 빠져나오려 하고,

교활한 자는 일부러 그 속임수에 빠져들어가 준다.

조심해야 할 유형

자신이 저지른 과오에서 벗어나기 위해 다른 사람을
걸고 넘어지는 자를 조심하라.
교묘한 트릭을 잡아내려면 민감한 감각이 필요하다.
세상의 많은 사람들은 자신의 과오를 다른 사람의
잘못으로 돌린다.
이를 눈치 채지 못하는 자는 상대방의 트릭을 도무지
알 길 없어 발을 디딜 때마다 더 깊은 함정에
빠지게 된다.
불 속에서 자신의 손을 태워 가며 다른 사람에게
이익이 되는 것을 끄집어 오기 위해.

분별력을 길러라

분별력을 길러라.

어떤 사람은 타고날 때부터 분별력이 있는데

이것은 성공의 길이 이미 반은 주어진 셈이다.

대개는 나이와 체험이 사람을 완전히 성숙하게

만들었을 때, 올바른 가치관과 판단력이 생긴다.

이 때에는 모든 종류의 변덕이며 망상을 지혜의

유혹자로 여기며 싫어한다.

특히 철저한 안보가 요구되는 나라의

일에 있어서는 더욱 그렇다.

극단적 교제를 피하라

누구도 주관적으로 사랑하지도, 미워하지도 마라.

친구를 사귈 때는 그가 내일의 적이, 그것도

가장 강력한 적이 될 수도 있음을 염두에 두라.

이는 실제 일어날 수 있으므로 반드시 방비책을 세워두라.

우정의 변절자에게 자신의 모든 무기를 내주어서 무장 해

제된 자신에게 싸움을 걸어오지 않도록 항상 조심하라.

그리고 적에게는 늘 화해의 문을 열어 두라.

설사 화해가 되지 않더라도 복수를 서두르지 마라.

그로 인해 고통을 받는 사람들이 많다.

그러면 자신이 저지른 보복과 승리를 기뻐하는 마음은

곧 비탄으로 변한다.

사람들은
당신의 결점을 사랑한다

자신의 결점을 함부로 드러내지 마라.
이는 완벽한 사람이 되기 위한 필수 조건이다.
육체적으로든 도덕적으로든 전혀 문제가
없는 사람은 없다.
대부분의 사람들은 결점들을 열렬히 사랑한다.
쉽게 치유할 수 있다고 생각하기 때문이다.
그러한 결점이 우리의 명성에 흠집을 남기는데도.
적의를 품은 자는 그 결점을 재빨리 발견해 내고
좀처럼 그것을 놓지 않는다.
그러나 그런 결점을 장식품으로 치장하는

기술을 가졌다면 이는 매우 훌륭한 수완가이다.
로마의 시저는 자신의 육체적 결함을 월계관으로
장식할 줄 아는 위인이었다.

이상형을 항상 머릿속에 그려라

마음 속에 이상적인 영웅상을 상상하라.
이는 모방하기 위해서가 아니라 경쟁하기 위해서이다.
위대한 이상은 명예를 위한 살아 있는 책이다.
따라서 자신의 분야에서 가장 두각을 나타낸 사람을
이상형으로 삼아 노력하라.
이는 그들을 모방하려는 것이 아니라 그들로부터
자극을 받기 위해서이다.
알렉산더 대왕은 죽은 영웅 아킬레스를 위해 운 것이
아니라 아직 자신의 명성이 세상에 알려지지 않은 것이
서러워 울었다.

타인의 명성을 기리기 위해 울리는 나팔 소리보다
더 명예욕을 자극하는 것은 없다.
하지만 자신의 질투심이 사라졌을 때 비로소
고귀한 심성이 자극을 받는다.

지식으로 무장하라

폭넓은 지식을 쌓아라.

분별 있는 사람은 정신을 고매하게 만드는 책을 많이 읽어
자신을 무장한다.

그들은 늘 시대에 걸맞는 지식을 갖춘다.

그러나 평범한 방법이 아닌 비범한 방법으로 행한다.

현명한 자들은 적절한 때에 쓰기 위해 기지와 지혜를
자신의 혀에 비축한다.

좋은 충고는 진지한 교훈보다는 재치 있는 말로 더 잘
나타낼 수 있기 때문이다.

때로는 세상에 떠도는 상식이 대학에서 가르치는
학문보다 살아가는 데 더 많은 도움이 된다.

예의는 진지함에서

농담을 너무 즐기지 마라.

사람은 진지할 때에 그의 이성이 드러나고, 익살보다

더 큰 명예를 가져다준다.

농담을 너무 즐기는 사람은 진지한 일을 할 수 없다.

사람들은 어느 날, 자신도 모르는 사이에

그대를 거짓말쟁이로 취급한다.

거짓말쟁이에게서는 거짓말이, 익살꾼에게서는

익살 자체가 문제가 된다.

그런 사람은 분별력이라고는 없어 보인다.

어쩌면 너무 분별력이 뛰어나 없는 것 같아 보인다.

쉴새없이 익살을 부리면 사람이 하찮게 보인다.

어떤 사람들은 대중적인 익살꾼이 되어
사람들로부터 명성을 얻기도 한다.
그러나 그 대가로 지혜로운 자라는 명성을 잃기 쉽다.
그러니 간혹 농담을 하더라도 진지함을 잃지 마라.

농담의 함정

상대의 농담에 너그러움을 보여라.

그리고 그대 자신은 농담을 남용하지 마라.

전자는 일종의 예절이지만, 후자는

언제든지 문제를 일으킬 수 있다.

들뜬 분위기 속에서 기분이 상한 사람은 야수가

되기 쉽다.

수준 높은 농담은 현장의 분위기를 살린다.

농담을 즐길 줄 아는 자는 지혜로운 사람이다.

하지만 농담에 흥분하는 사람은

모임의 분위기를 망치게 된다.

흥분하는 사람보다 나은 것은 농담을 받아들이지 않는 것,

그보다 나은 것은 농담인지 아닌지조차 모르는 것이다.

심각한 분쟁은 그 시작이 농담에서

기인된 경우가 종종 있다.

농담을 하기 전에 상대가 이를 받아들일 수 있을지 없을지

먼저 잘 살펴야 한다.

동정심을 주의하라

상대에 대한 동정심 때문에 불행한 자의 운명을
자신의 것으로 받아들이지 마라.
누군가의 불행이 종종 다른 누군가에게는
행운이 될 수가 있다.
왜냐하면 누군가가 불행해져야만 행복해질 수 있는
사람이 있기 때문이다.
불행한 자는 항상 남의 연민을 구걸하여 그것으로
운명의 시련을 보상받고자 한다.
우리는 어떤 사람이 행복의 절정에 있을 때는
그를 몹시 싫어하다가 불행해지면 하나같이
동정하는 경우를 종종 본다.

자기보다 뛰어난 자에 대한 질투는 그가 추락한 후에는
연민으로 변한다.
그러나 현명한 자라면 운명의 카드가 종종
뒤섞인다는 것을 잊지 않는다.
항상 불행한 사람들하고만 어울림으로써 상대적인
만족감을 누리는 사람들이 있다.
어제는 행복한 자라 하여 많은 사람들의 시기를 받았으나
오늘은 불행한 자가 되어 사람들의 연민에
둘러싸여 있는 사람을 보라.
이는 지혜와는 거리가 먼 것이다.

지혜가 재치보다 낫다

매사에 뛰어난 분별력을 길러라.

이것은 행동하고 말할 때 첫째 가는 규칙이다.

그대의 지위가 높아지면 높아질수록 작은 지혜가

빼어난 재치보다 오히려 낫다는 걸 알 수 있을 것이다.

이 때 그대는 커다란 갈채를 받지 않고도 안전하게

걸을 수 있다.

지혜롭다는 평판은 명예의 승리이다.

지혜로운 자들은 스스로의 판단이 성공하여

행동의 모범이 된 것을 만족하라.

방향을 바꾸는 새처럼

스타일에 늘 변화를 주어 즐겨라.

남의 관심을, 특히 적의 관심을 흐트러뜨리기 위해서는 가
끔 자신의 스타일을 바꿔라.

같은 방향으로만 날고 있는 새를 맞히기는 쉬우나

자주 방향을 바꾸는 새를 맞히기는 어렵다.

도박꾼은 결코 상대방이 기대하는 패를

남에게 내놓지 않는다.

보이는 것과 보이지 않는 것

한때는 말을 잘하는 것이 대단한 기술이었다.

이제는 그것으로 부족하다.

남에게 속지 않으려면 앞날을 예측할 수 있어야 한다.

타인의 마음 속 깊이 숨겨진 의도를 알아내는

모사꾼들이 있다.

우리가 갈망하는 진실은 늘 그 절반만이 말로 표현된다.

주의 깊은 자는 냉정한 통찰력으로 상대의 갈망을

한순간에 파악해 낸다.

그는 보이는 사물에 대해서는 믿음의 고삐를

세게 당김으로써 천천히 달리게 하고, 보이지 않는

사물에는 그 믿음에 박차를 가한다.

소중한 것일수록 나눠라

그대가 지닌 소중한 것을 상대에게 아낌없이 주어라.

그러면 그대는 더 큰 은혜를 입을 수 있다.

고상한 덕은 항상 큰 고마움의 파장을 불러일으킨다.

덕이 있는 사람이 받는 선물의 가치는 매우 크다.

그럼으로써 그는 두 가지를 동시에 얻게 된다.

하나는 그가 받은 물건이요, 다른 하나는 예의이다.

그러나 생각이 고루하고 천박한 사람에게

고상한 덕은 헛소리에 불과하다.

그 이유는 상대방의 교양이 묻어나는 언어를

알아듣지 못하기 때문이다.

제1인자와 모방자

자기 분야에서 제1인자가 되어라.
많은 사람들이 자신이 몸담고 있는 분야에서
자기보다 나은 자가 없었다면 불사조가 되었을 것이다.
어느 분야에서나 제1인자는 영예의 월계관을 차지한다.
남은 사람들은 아무리 노력을 해도 모방자라는 오명을
씻어내기 어렵다.
그래서 세상 사람들은 일류에서 제2인자가 되기보다는
이류에서 제1인자가 되기를 더 원한다.

분별력을 키워라

모든 사람은 어떤 면에서든 타인의 스승이 될 수 있다.

한 사람의 능력을 능가하는 사람 위에,

또 그를 능가하는 사람이 있다.

지혜로운 자는 스승을 찾아내는 능력이 뛰어나다.

그리고 사람뿐만 아니라 일에서도.

새로운 것을 발견하고 또 그 일을 순조롭게 하려면

무엇이 자신에게 필요한지 잘 안다.

우둔한 자의 특징은 사람이나 사물에

주의를 기울이지 않는다는 점이다.

그들은 좋고 나쁜 것을 구분하지 못하고

고민 끝에 나쁜 것을 선택하고 만다.

남의 즐거움에 동참하라

위신이 깎이지 않는 한 상대방의 말에 동조하라.

그렇다고 자신의 콧대를 높이면서

거만함을 보일 필요는 없다.

상대에게 호감을 사기 위해 자존심을 내려도 지장은 없다.

그들이 좋아하는 것을 함께 즐겨라.

그렇다고 품위를 잃으면 안 된다.

사람들은 오랫동안 쌓아온 명성을 한순간의

경솔한 언행으로 잃어버릴 수 있기 때문이다.

그리고 너무 진지하게 굴지 마라.

때로는 종교적인 진지함조차도 역겹고 우습게 보이는

경우가 있는 법이다.

통치력과 권위

타고난 통치력은 탁월한 능력이다.

그러므로 이는 야만스런 수단으로 얻어서는 안 되며

외경스러운 천성에서 우러나와야 한다.

그럴 때 대중은 그의 천품에 굴복하며

그 권위를 인정한다.

이런 뛰어난 정신은 왕과 같은 권위, 사자와 같은

힘을 지닌다.

그는 사람들에게 불러일으키는 경외심으로 대중의

마음을 단번에 사로잡을 수 있다.

그에게 더 큰 능력이 주어진다면 국가 경영을

움직여 갈 지렛대가 될 것이다.

통찰력과 정직성, 이 두 가지만 겸비되면
반드시 성공할 수 있다.
제아무리 뛰어난 분별력이 있어도 나쁜 의도와 결합되면
그 결과는 대개 실패한다.
악의에 찬 의도는 완전성을 해치는 독소다.
그것이 지식과 결부되면 교묘하게
그대를 파멸로 이끌고 간다.
분별 없는 지식은 어리석음을 몇 배로 배가시킨다.

복수의 최고 기술

무시하는 법을 배워라.

뭔가를 간절히 원할 때는

그것에 대한 집착을 버려라.

대부분의 사람들은 어떤 일에 집착할 때는 얻지 못하고

그것을 포기했을 때 저절로 손에 들어온다.

모든 일에 가볍게 지나치는 것은 영리한 복수이기도 하다.

자신을 글로 방어하지 말라는 현자의 충고가 있다.

그런 방어는 반드시 뒤에 증거를 남겨 적의 문제점을

징계하기보다 이득을 줄 수 있기 때문이다.

자신이 직접 공을 세워 명성을 얻지 않고

비열한 방법으로 유명해지려고 훌륭한 사람들의

경쟁자로 나서는 것은 한심한 자들의 술책이다.
역사 속의 인물들 가운데 만일 그의 경쟁자가
입을 열지 않았더라면 불행을 당하지 않았을 사람도 많다.
망각에 버금가는 복수는 없다.
망각은 상대방을 무의 먼지 속으로 묻어 버리고 만다.
중상모략에 대응하는 최고의 기술은 무얼 하든
그냥 내버려두는 것이다.
일일이 대항해 싸워 보았자 얻을 것이 하나도 없다.
그대의 명망을 해치고 적이 기뻐 날뛰게 할 뿐이다.
작은 실수의 그림자조차 우리 명성의 빛을 흐리게 한다.
그 때문에 그 빛이 완전히 꺼지지만 않는다면
내버려둘 줄 알라.

때를 알라

제때에 눈을 떠라.

자기 주위를 유심히 둘러봤다고 모든 걸

다 봤다고 할 수 없다.

어떤 사람은 더 이상 볼 것이 없게 됐을 때부터

보기 시작하여, 제대로 사람 행세를 하기도 전에

가정을 다 망쳐놓는다.

의지가 없는 사람에게 이해를 시키기는 몹시 힘들고,

이해를 못하는 사람에게 의지를 심어 주기는 더욱 어렵다.

기술적으로 화를 내라

화를 내는 데도 기술이 필요하다.

천박한 분노를 일으키지 마라.

이성적인 사람에게 이는 어려운 일이 아니다.

화를 낼 경우 가장 중요한 핵심은

자신이 화내고 있음을 아는 일이다.

그 화가 자신에게 어떤 파급 효과를 가져올지

깊이 통찰하고 어디서 그 분노를 멈춰야 할지를

재빨리 알아차려야 한다.

그리고 더 이상은 나아가지 마라.

여러 가지 상황을 판단하여

자신의 분노를 적절할 시기에 멈출 줄 알라.

움직이는 것을 멈추는 일은
아주 어렵다.
어리석은 자들이 판단력을 잃고
있을 때, 그대가 냉정한
이성을 갖고 있으면 그 자체가 지혜이다.
지나친 열정은 그대를 이성에서 벗어나게 한다.

사물과 그 외양

사물이 가진 본질만으로는 충분하지 않다.
그것을 둘러싼 주변 상황도 필수적으로
따라 주어야 한다.
아름다운 행동은 삶의 장식이며 형상이고,
산뜻한 외양은 언제나 놀라울 정도의 측면 지원을 한다.

미완의 작품을 공개하지 마라

아직 미완된 작품을 절대 남에게 보여 주지 마라.

시작 단계에 있는 작품은 형상이 없는 상태이다.

그럼에도 불구하고 이는 상대의 상상력 속에 깊이 박힌다.

미완의 단계에 있는 작품을 보면 그 기억이 오래 남아

나중에 완성되더라도 그 완결성의 묘미를 깨뜨린다.

어떤 일은 완전한 형태를 갖추기 전에는 아무것도 아니다.

그러니 훌륭한 대가는 아직 맹아의 상태에 있는

자신의 작품을 결코 남에게 보여주지 않는다.

자연 속에서 교훈을 배워라.

자연은 아직 보여 줄 단계에 있지 않은 사물을

결코 빛 속에 드러내지 않는다.

격분과 경탄의 거리

매사에 냉정을 잃지 마라.
이는 격분으로부터 멀어지는 훌륭한 지혜이다.
통제가 가능한 사람은 위대한 마음을 지닌
온전한 인간이다.
사람의 원래 모습이 그렇기 때문이다.
자신이 완전한 주인이 되어 어떤 상황을 맞게 되어도
격분하는 모습을 절대로 보이지 마라.
그런 것을 초월한 것처럼 보여 타인의
경탄을 불러일으켜라.

결단력을 길러라

일을 잘 처리하려면 결단력이 있어야 한다.

결단력이 없는 것보다 더 큰 파멸은 없다.

우리 주위에는 결단력이 없어서 항상 타인의 자극을

필요로 하는 사람들이 있다.

이들은 늘 판단력과 행동력의 결핍 상태에 있다.

세상에는 어떤 상황에서도 곤경에 빠지지 않고

모든 일을 완벽하게 처리하는 사람들이 있다.

그 일을 해내고 나면 그에게는 다음 일을

처리할 시간이 넉넉하게 주어진다.

그 일을 위해 먼저 계약금을 받았다면

안심하고 마음껏 일에 뛰어들게 될 것이다.

 멋있는 후퇴

승리했을 때 행운의 자리를 미련 없이 떠나라.

명성 있는 도박사들은 항상 그렇게 한다.

멋진 후퇴는 용감한 공격만큼이나 가치가 있다.

그대가 행한 일이 결실을 맺었다면 안전을 도모하라.

행운은 마치 파도와 같은 것.

적절한 때에 멈춘 행운이 더욱 안전하며

그 맛도 달콤하다.

큰 행운이라는 은총은 대개 지속 시간이 매우 짧다.

진정한 만족을 위한 지혜

포만감이 들 정도로 먹지 마라.
감로주의 술잔일지라도 늦기 전에
입술에서 떼어야 한다.
욕구야말로 가치의 척도가 되기 때문이다.
갈증이 날 때는 일단 가라앉히되 완전히
해소해서는 안 된다.
좋은 것의 값어치는 조금 부족할 때 나타난다.
남에게 진정한 만족의 느낌을 만끽하게 하려면
지나치게 맛을 보이기보다 조금 부족하게 하라.
그러면 나중에 힘들여 얻은 행운을 몇 배로
즐길 수 있을 것이다.

체면치레를 즐기지 마라

의례적인 인사는 삼가라.

제왕조차도 체면치레에 빠지면 우습게 망가진다.

매사에 트집 잡기 좋아하는 자를

따를 사람은 아무도 없다.

그러나 사람들은 대체로 이런 버릇을 갖고 있다.

우둔한 자의 옷은 그런 버릇으로 기워져 있다.

의례를 지키는 것도 좋다.

그렇다고 거창한 의전관이 될 필요는 없는 것이다.

그러나 사람은 형식에 얽매이지 않을 때 더 뛰어난

미덕을 보인다.

자제력을 길러라

부디 자제하라.

오랜 시간의 평정보다 일순간에 솟아오른 분노와
기쁨이 문제를 야기한다.

때로는 그 일이 평생 동안 먹구름이 될 수 있다.

잠시 생각이 방향을 잃으면 그대의 이성을
마구 뒤흔들어 놓는다.

악의는 그대의 정신 깊은 곳을 탐색하여
어떠한 지혜로운 자라도 스스로 궁지에 빠지게 하는
비밀도구가 될 수 있다.

말이나 행동을 행하는 사람은 이를 대수롭지 않게
여기지만 상대방은 깊은 생각을 하게 된다.

자만의 병폐

자만하지 마라.

자신에게 불만을 품는 것은 소심함이며, 자신에게

턱없이 만족하는 것은 어리석음이다.

자만은 분별 없는 자의 기쁨이다.

사람들은 대개 타인의 완벽성을 통찰하지 못한다.

오히려 자기 자신 속에 있는 비천하고

평범한 재능을 신뢰한다.

이럴 바에는 차라리 남으로부터 진부하고

평범한 사람으로 낙인 찍히는 것이 유익하다.

평범한 것이 고난을 예방하며, 고난을 당하더라도

자신을 위로할 수 있다.

불행은 이미 그것을 각오한 자에게는

더 이상 문제가 되지 않는다.

그러나 아무런 실속 없이 자만심만 팽배해 있을 때 그 결

과에 대한 좌절과 비탄은 치유 불능의 병이 된다.

사물의 본질을 보아라

사물의 본질을 파악하고 상황을 감지하라.

많은 사람들은 일의 본질을 바로 보지 못하고 헛된 논란의

숲을 헤매다 마침내 옆길로 새어 핵심을 논한다.

그들은 핵심의 주위를 빙빙 돌며 자신과 타인들을

피곤하게 할 뿐, 실제 본론에는 도달하지 못한다.

이것은 사고력이 부족하기 때문이다.

그 순간, 그쳐야 할 일에 많은 시간을 낭비하고

인내심을 고갈시키는 경우가 많다.

그리하여 나중에는 그 일을 다시 고려하려 해도

시간과 인내심이 부족하게 되는 것이다.

매사에 심사숙고하라

무슨 일을 하기 전에 깊은 생각을 거치는 것이
결국 빠르고 안전하다.
즉석에서 만든 것은 즉석에서 없어지기 십상이다.
영원히 지속될 것은 그것이 생겨날 때까지
오랜 숙성 기간이 필요하다.
깊은 고뇌와 통찰을 거쳐 불멸의 작품이 창조된다.
가치가 큰 것은 그 대가도 역시 크다.

이미 확보한 행복을 헤아려라

자신의 행복을 잘 헤아려 보아라.

행동하기 위해서, 무엇인가에 관여하기 위하여.

이것이 자신의 기질을 관찰하는 것보다 더 중요하다.

자신의 행복을 헤아릴 수 있다는 것은

아주 훌륭한 강점이다.

때로는 느긋하게 기다리면서, 때로는 거세게

밀고 나가면서.

행복의 걸음걸이는 불규칙하여 그것과 리듬을 맞추기는

쉽지 않다.

그러나 자신에게 유리하다고 생각되면 곧장 전진하라.

행복은 도전적이고 용감한 자들 편에 항상 서 있다.

또 행복은 아름다운 여성처럼 젊은이들을 사랑한다.

그러나 전진하다가 불행을 만나면 더 이상

행동하지 말고 움츠려라.

그대 앞에 서 있는 불운이 다른 동료들을

불러모으지 않도록.

질투는 재능 있는 자를
향해 열려 있다

스스로 용서할 만한 잘못은 내버려두라.

그러한 태만은 가끔 재능과 비교할 만큼

효과적인 것이므로.

일반인들의 질투는 재능 있는 자를 향해 열려 있다.

결함이 없다는 이유로 시기심과 미움을 사고

완전하다는 죄목으로 단죄된다.

또한 남들의 질책이 번개처럼 그의 최고 업적을 내리친다.

그러니 호머 같은 천재도 때로는 늘어지게 잠을 자면서

재능이나 용기를 짐짓 태만으로 포장했다.

악의를 잘 달래 그 독소가 터지지 않도록 조심하라.

불멸의 것을 구하기 위해 거친 황소에게
망토를 덮어 씌워라.

옮겨 앉아야 할 때를 알라

적절할 때 자리를 떠나라.

어떤 민족은 더 나은 삶과 안녕을 위해 집단으로

이주를 하기도 했다.

재능이 뛰어난 사람에게 그의 조국은 계모와 같다.

그의 재능이 자라는 땅에서는 질투가

팽배해 있기 때문이다.

많은 사람들은 그 재능이 도달한 위대함보다 처음 그것이

싹트고 있을 때의 불완전함을 똑똑히 기억한다.

오히려 낯선 곳은 완성된 상태에서 수용되기 때문에

어지간하면 사람들로부터 존경받는다.

한때는 자기가 살던 마을에서조차 경멸받던 사람이

몇 년 후에는 조국에서도 외국에서도
존경받는 경우가 종종 있다.
늘 자기 정원에서 물리도록 봐 온 동상을 제단 위에
세워둘 만큼 훌륭하다고 생각하는 사람은
그다지 없다.

노력과 즐거움

즐겁게 놀고, 노력은 적당히 하라.
사람들은 거꾸로 말한다.
하지만 할일없이 보내는 것이 분주한 것보다 낫다.
우리가 가진 것이라고는 시간밖에 없다.
집 없는 자도 시간 속에서는 살 수 있다.
귀중한 시간을 기계적인 일, 너무 고상한 일로
보내 버리는 것은 참으로 불행한 일이다.
너무 성공에 매달리지 마라.
그러면 질투 때문에 몰락할 위험이 있다.

졸장부를 알아보는 눈을 길러라

이 세상의 도처에 오합지졸이 있다.

그들을 식별해 내는 높은 안목을 가져라.

훌륭한 가문이나, 보통 집안에도 졸장부가 있게 마련이다.

그리고 그 밑에 아주 저급한 인간도 있다.

이들의 성품은 언뜻 보면 일반인과 다름없다.

마치 깨어진 거울조각들이 모여

완전한 거울처럼 보이듯이.

그러나 이들은 몹시 악질적이다.

그들은 어리석은 말을 하면서 오히려 남을 질책한다.

이들은 무지의 제자이고, 어리석음의 후원자이며

험담의 동맹자들이다.

그들의 말을 결코 진지하게 받아들이지 마라.

그들의 생각은 몹시 얄팍하고 아무런 내용이 없다.

그들에게서 벗어나려면 그들을 알아야 한다.

어리석음은 말할 수 없이 천한 것이며,

천박한 것은 어리석음으로 구성되어 있다.

먼저 존중하라

남에게 미움과 반감을 사지 않도록 노력하라.
미움은 초청장 없이 찾아오는 불청객과 같다.
많은 사람들은 이유도 모른 채 서로 미워하고 싫어한다.
그들의 악의는 친절보다 앞선다.
그들은 현명한 자를 두려워하고, 고약한 혀를 가진
사람을 싫어하고, 건방진 사람을 혐오하고,
조소가들을 피하고
별난 사람은 거들떠보지 않는다.
그런 사람들 속에서 존중을 받기 위해서는 상대를
먼저 존중하는 수밖에 없다.
그리고 그들로부터 존중받는 것을 고맙게 여겨라.

친구를 잘 선택하라

친구를 잘 선택하라.

그대 분별력의 시험을 거치고 행운과 불운의

교차 속에서도 여전히 남아 있는 사람이 친구다.

친구는 마음만이 아닌 통찰에 근거해야 한다.

그러나 대부분의 경우 시간을 때우기 위해 만나서

친구가 된다.

사람들은 친구를 보고 그대를 평가한다.

그러나 누군가에게 좋은 감정을 갖게 된다고 해서

곧 절친한 친구 관계가 되는 것은 아니다.

이는 그의 능력을 신뢰해서라기보다는

그와의 만남에서 오는 호감일 수 있다.

세상에는 진실한 우정과 진실하지 못한 우정이 있다.
후자는 오락을 위한 것이며, 전자는 훌륭한 생각과
행동의 결실에서 오는 것이다.
한 친구의 날카로운 통찰이 다른 많은 사람들의
선의보다 더 쓸모가 있다.
그러니 우연에 맡기지 말고 자신이 직접 선택하라.
지혜로운 친구는 불행을 피하게 해 주지만
어리석은 친구는 이를 가져다 준다.
그리고 친구와 오랫동안 관계를 유지하고 싶으면
그에게 너무 큰 행운이 오기를 바라지 마라.

영웅을 알아보라

당대의 영웅을 알아보라.

세기의 불사조, 위대한 장군, 완벽한 연설가,

세기의 사상가, 여러 나라의 위대한 왕들.

영웅은 이 정도에 불과하다.

평범한 것은 그 수가 많고 흔하지만

뛰어나고 위대한 것은 완전성을 요구하므로

극소수에 불과하다.

그러한 일이 고상하면 고상할수록 최정상의 길은

멀고 험하다.

명예를 건 모험

익사 위기에 처한 수영선수가 발버둥치듯 어쩔 수 없는
상황에서 취한 행동으로 일약 유명해진 사람들이 많다.
절체절명의 위기가 때로는 명성을 떨치는
기회가 될 수도 있다.
그러니 자신의 명예를 걸고 모험하는 사람은
그 용기가 수천 명에게 이득을 주는 것일 수 있다.
이사벨라 여왕도 이런 세상의 이치를 꿰뚫어보고
있었기에 수많은 영웅을 만들어 낼 수 있었다.

열정을 다스려라

열정은 위대한 정신의 속성이다.

그러니 열정을 잘 다스려라.

그 뛰어남은 사람들의 감명을 산다.

자신의 열정을 다스릴 줄 알면

모든 것을 다스릴 수 있다.

이것은 자유의지의 승리다.

혹 열정의 지배를 받더라도 자신이 하는 일까지

지배를 당해서는 안 된다.

이는 불쾌함을 피하고 지름길로 명망을

얻을 수 있는 방법이다.

지나친 기대감을 주지 마라

남에게 지나친 기대를 하지 마라.

유명한 사람들이 실패하는 이유는

그들이 사람들의 상상력을 따르지 못하기 때문이다.

상상력은 소망과 결합되어 실제보다 더 큰 허상을

만들어 낸다.

아무리 뛰어난 사람이라도 부풀대로 부푼 기대감을

만족시킬 수는 없다.

게다가 사람들은 자신의 허황된 기대에 못 미치면

오히려 상대를 비난한다.

그러니 남 앞에 무엇을 드러낼 때는 위험하지 않은

정도에서 기대를 불러일으켜라.

기대 이상의 성과를 거둔다면 바랄 것이 없다.

그러나 이 규칙은 나쁜 일에서는 반드시 뒤집히게 된다.

왜냐하면 나쁜 것도 과장되면 사람들은 그것을 보고

싶어한다. 그렇게 되면 처음엔 아주 혐오스러웠던 것이나,

무서워했던 것을 정상적인 것으로

받아들이게 되기 때문이다.

상황을 잘 살펴라

항상 상황을 잘 살펴라.

행동도 생각도 그때그때 상황에 맞게 해야 한다.

할 수 있을 때 마음껏 추구하라.

시간과 기회는 그대를 절대 기다려 주지 않는다.

자신의 인생을 미리 규정해 놓은

법칙대로만 살아가지 마라.

설령 그것이 아무리 고상한 미덕이라 하더라도

자신의 의지대로만 살아가지 마라.

그대가 지금 버린 물을 내일 다시 마셔야 될지도 모른다.

현명한 자의 처세

사람들이 그대를 따르게 하라.

우상을 만들어 내는 자는 도금장이가 아니라

숭배자들이다.

현명한 자는 사람들이 고마워하기보다는

그를 필요로 하기를 더 바란다.

사람들을 희망의 밧줄에 묶을 수 있는 것은

노련한 궁신의 기술이며, 사람들의 칭찬에 만족하는 것은

어리석은 농부의 마음이다.

후자는 잊혀지기 쉬우나 전자는 기억에 남는다.

사람들은 남에게 감사할 때보다 의존할 때 더 많은 것을

갈구한다.

그러나 갈증이 사라지면 다시는 샘을 찾지 않는다.

사람들은 더 이상 자신이 의존할 필요가 없을 때

그들의 종속감도 끝나고 더불어 존경심도 사라진다.

그러니 희망을 묶어 두되 만족을 채워줘서는 안 된다.

항상 다른 사람에게 필요한 존재가 되라.

그대의 주인이 왕관을 썼을 때 그에게 없어서는

안 될 존재가 되도록 하라.

그러나 너무 지나쳐선 안 된다.

그대 자신의 이익을 위해서라도 외부에서

문제가 생겼을 때 이를 해결하지 않고

그냥 놓아 두어서는 결코 안 된다.

불행에 동참하지 마라

남의 불행에 함부로 동참하지 마라.

불행의 늪에 빠져 그대에게 구원의 손길을 뻗는 사람을

조심하라.

그는 그대가 찾아와서 불행을 같이 나누고

위로해 주기를 원한다.

그는 그대가 불행에 빠졌을 때는 등을 돌렸다가 뒤늦게야

그대에게 도와 달라고 손을 내미는 것이다.

불행의 늪에서 익사 직전에 있는 사람을 돕기 위해서는

큰 주의가 필요하다.

그 이유는 자신이 스스로 위험에 빠져들 수

있기 때문이다.

의심나는 길은 가지 마라

상대에 대한 의혹이 생겼을 때는 절대로 일에
착수하지 마라.
일을 하는 자가 실패에 대한 우려를 조금만 보여도
지켜보는 자는 실패를 확신한다.
특히 그가 경쟁자일 때는 더욱 그렇다.
일을 시작하기 전에 승부가 의심되면
열정을 잃은 상태에서 공공연한 비난을 받게 된다.
의혹이 앞서는 일은 위험하니 당장 중단하라.
어떤 사업이 우려감 속에서 시작된다면
그것이 제대로 성공하겠는가?
마음속 깊이 생각하여

결정된 일도 종종 불행한 결과를 가져오는데,
흔들리는 이성과 의혹 속에서 결정된 일의 결과를
어떻게 기대할 수 있겠는가?

명예를 걸고 다투지 마라

명예를 걸고 다투지 마라.

그대의 생애에서 가장 주의해야 할 일 중의 하나이다.

명예에 관련된 송사는 결국 나쁜 결과를 초래한다.

그럴 때 그 명예는 아주 쉽게 상처를 입는다.

격정적인 감정 때문에 소송을 걸거나 받아들여

이에 말려드는 사람이 있다.

그러나 이성의 빛 속을 거니는 자는 깊이 생각한다.

그는 어떤 일에 승리하는 것보다 그 일에

끼여들지 않는 걸 더 큰 용기로 생각한다.

사람들이 아무리 그를 부추겨도 그는 다른 사람이

되고 싶지 않다는 변명으로 발뺌을 한다.

타인의 호의를 아껴 쓰라

타인의 호의를 남용하지 마라.

훌륭한 후원자는 큰 일이 일어날 때를

대비하는 저장고와 같다.

작은 일을 가지고 도움을 청할 곳을 찾지 마라.

그것은 후원자의 호의를 낭비하는 일이다.

작은 목적을 위해 큰 후원자를 낭비해 버리면 도대체

앞으로 어떻게 할 것인가? 든든한 후원자보다 더 귀한

것이 없고, 사람 사이에 호의보다 더 값진 것은 없다.

호의는 그대를 세상에 세우기도 하고 넘어뜨리기도 한다.

큰 재산을 불리는 자보다 든든한 후원자의

호의를 입는 것이 더 중요하다.

2% 부족하게

조금은 어려운 것을 남겨 둬라.

완벽한 행복 뒤엔 불행이 기다리고 있다.

살아 있는 동안 육체는 숨을 쉬고 정신은 새로운 것을 추구

하려 한다. 전부를 갖고 나면 다음에 올 것은 실망뿐이다.

우리의 몸과 마음에는 뭔가 부족함이 있어야

호기심이 일고 희망을 추구한다.

칭찬할 때도 완전한 만족을 주지 않는 것이 수완이다.

더 이상 원하는 것이 없으면 두려움이 고개를 디밀기

때문이다. 이 얼마나 불행한 행운인가!

인간의 소망이 그치는 곳에서 바로 두려움이

시작된다는 것이!

어리석음에서 벗어나라

어리석은 짓을 저지르는 자가 어리석은 것이 아니다.
그 어리석음에서 벗어나려 하지 않는 자가 어리석다.
때로는 그대의 장점도 감춰야 할 경우가 있는데,
그 잘못은 오죽하겠는가.
누구나 세상을 살면서 잘못을 저지르지만 차이가 있다.
현명한 자는 자신이 저지른 과오를 스스로 직시하여
인정함으로써 소멸시킬 줄 안다.
그러나 우둔한 자는 저지르기도 전에
자신의 과오를 떠벌린다.
사람의 명망은 대개 행동보다는 그 조심성 때문에
확보되고 유지된다.

순수하지 못할 바에는 조심이라도 해라.

자신의 과오는 오직 지나간 과거의 그림자일 뿐이다.

잡을 수 없는 그림자를 붙들고 누구에게 항변할 것인가.

이미 그 자신조차도 그때의 그대가 아니다.

그러므로 가능하면 과오를 저지른 순간과 상황을

잘 살펴보고 그곳에서

교훈을 얻는 것으로 그쳐야 한다.

자신이 저지른 과오와 타협할 수 있다면

자신에게 도움이 될 것이다.

295

현명한 선택을 하는 기술

선택은 매우 중요하다.

인생은 크고 작은 선택에 의해 결정된다.

선택은 선택할 수 있는 능력을, 그것도 최선의 것을

선택할 수 있음도 포함된다.

그러나 세상에는 노련한 정신, 예리한 이성,

높은 학식과 신중함을 지닌 고매한 사람들도

중요한 선택의 순간에 실패를 범한다.

어떤 사람은 일부러 잘못된 길을 가려고 작정한 사람처럼

늘 최악의 것을 선택하곤 한다.

올바른 선택을 하는 재능이야말로 신이 내려준 가장

위대한 축복 가운데 하나이다.

앞선 사례를 잘 관찰하라

큰 간격을 메워야 하는 일에 덤비지 마라.

불가피한 경우 앞사람을 능가할 정도가 될 때 실천하라.

앞사람과 견줄 만큼 되려면 그대의 능력과 노력은

두 배는 되어야 한다.

그런 상태인가를 자기 스스로 점검하라.

후임자로부터 존경받는 것이 좋은 일이듯

앞사람이 그대를 능가하지 못하게 하는 것도 중요하다.

큰 격차를 메우기는 어렵다.

왜냐하면 지난 것이 대개는 더 좋아보이기 때문이다.

지난 사례를 관찰하고 점검하는 것은 자신의 능력과

상황을 살피는 좋은 계기이기도 하다.

어리석음은
한 번으로 그쳐라

어리석은 일은 한번으로 그쳐라.

세상에는 한 가지 잘못된 일을 개선하려고 네 가지

다른 잘못을 저지르거나 한 가지 그릇된 일을 보상하려고

그릇된 행동을 되풀이하는 경우가 종종 있다.

실수는 지혜로운 사람도 저지를 수 있다.

그러나 그런 과오가 두 번 저질러져서는 안 된다.

항상 자신의 몸과 마음을 살펴라

항상 자신의 몸과 마음을 살펴라.

우둔한 자들은 대체로 허영과 오만·고집·독선·

변덕으로 자신을 무장하고 있다.

그는 걸핏하면 얼굴을 찌푸리고 험담을 늘어놓거나

궤변을 내뱉는다.

또한 누가 보든지 이단자, 또한 완전히 문제투성이의 사고

를 가진 사람으로 보인다.

이와 같은 정신적 기형자는 육체적 기형자보다

더 추악하다.

정신적 기형은 인간 성품의 본래적 아름다움을

거스르기 때문이다.

어느 누가 이 비뚤어진 영혼을 도우려 하겠는가.
자기 스스로를 살펴보는 마음가짐이 없는 자에게는
좋은 벗이 다가오지 않는다.
그런데도 우둔한 자는 남들이 조롱하리라는 우려보다는
그들에게서 찬사를 받으리라는 착각에 빠져 산다.
그대는 정녕 그렇게 살고 싶은가.
그렇게 살고 싶지 않다면 언제 어느 곳에서든 자신의
몸과 마음을 객관적으로 냉정하게 살펴볼 줄 알아야 한다.

시기에 맞게 적절한 행동을 하라

깊이 생각했다면 행동은 신속히 하라.

물론 서두르라는 것은 아니다.

성급함은 우둔한 자들의 몫이다.

그들은 맡은 일의 어려움을 이해하지 못하기 때문에

해결책도 없이 일을 서둘러 시작한다.

반대로 생각이 많은 자들은 오랫동안 몸을 도사리다 일을

그르치곤 한다.

행동력의 결핍은 때때로 올바른 판단과 그 결실을 놓친다.

내일로 일을 미루지 않는 사람은 많은 것을

행한 사람이다.

급할수록 천천히 하라는 말은 바로 제왕의 좌우명이다.

뒤집어 생각해 보라

반대로 추론해 보라.

특히 남이 그대에게 나쁜 소식을 전할 때 그렇게 하라.

사람들이 말하는 것은 종종 반대로

생각해야 할 경우가 있다.

그들이 수긍하는 것은 나쁜 것이고

그들이 부정하는 것은 좋은 것이기 때문이다.

그런 사람이 어떤 일에 대해 부정적으로 말할 때는

그것을 좋게 보고 있다는 뜻이다.

그 자신이 그것을 몹시 갖고 싶기 때문에 남한테 나쁘게

말하는 것이다.

또 뭔가를 칭찬한다고 거기에 현혹되어서는 안 된다.

현명하고 철학적으로

편견 없는 현명하고 철학적인 현대인이 되라.

그러나 애써 꾸며서 남에게 그렇게 보이지는 마라.

이제 철학의 위신은 땅에 추락했다.

그럼에도 이것은 여전히 지혜로운 자가 다룰

최고의 일거리다.

사상가들의 학문은 모두 존경심을 잃었고, 현재는

부당한 것이 그 자리를 차지했다.

그럼에도 불구하고 기만을 발견하는 것은 현대인의

정신에 자양분이 되고 정의로운 자의 기쁨이 된다.

중천의 태양보다
지는 해를 보려 한다

백 번의 성공보다 한 번의 실책에 주의하라.
찬란히 떠오른 태양에는 관심이 없는 이들도
지는 해의 모습에는 꽤 관심이 많다.
대부분의 세상 사람들은 그대의 성공보다는
그대의 실패에 흥미를 갖는다.
당연히 그들은 그대의 좋은 성과보다 나쁜 결과를
널리 퍼뜨린다.
그러나 사람들은 죽을 때까지 이를 깨닫지 못한다.
한 사람이 평생 이룩한 업적을 합해도 작은 오점
하나 지우기가 얼마나 어려운가를.

어리석은 자를 곁에 두지 마라

어리석은 자를 곁에 두지 마라.

어리석은 자를 알아보지 못하는 사람 또한 바보이다.

어리석은 자를 가까이 두는 것은 바보나 하는 짓이다.

어리석은 자는 일반적인 교제에서도 위험하고

신뢰가 필요한 교제에서는 치명적이다.

주변 사람 모두가 조심하고 신중하게 처신해도 그는

결국 어리석은 짓을 저지르고 만다.

그런데도 주변 사람이 참아 보는 것은 그렇게

하면 좀더 고상하게 보일 것이라고 착각하기 때문이다.

그들에게도 장점이 하나 있다.

즉 우둔한 자에게 현명한 자는 도움이 안 되지만

우둔한 자는 현명한 자에게 큰 도움을 줄 수 있다.

현명한 자는 우둔한 자의 행태를 보고 깨달음에 이르고,

다른 한편으로 우둔한 자를 본보기로 삼아

자신을 훈련할 수 있기 때문이다.

좋은 소식의 전령사가 되라

좋은 소식을 전해 주는 사람이 되어라.

그러면 그대의 긍정적 취향을 증명하게 된다.

시간이 지나면 사람들은 그대가 가장 좋은 것을

발견해 낼 줄 안다고 믿게 된다.

사실이 그럴 것이다.

어제 좋은 것을 알아본 사람은 내일도 이를 알아본다.

그대 주위의 사람이나 사물 중 완벽한 것을 알아보고

존중하는 것은 참으로 아름다운 행위이다.

이와 반대로 늘 나쁜 소식을 전하는 사람은 그다지

나쁜 점이 없는 자를 헐뜯기 좋아하는 사람이다.

다른 사람을 헐뜯는 것은 결국은 자신에 대한

상처 주기임을 미처 모르는 사람이 많다.
그러나 마음의 중심이 분명한 사람은 사람들의
실제 이상의 비난에도 결코 용기를 잃지도,
지나친 아첨에도 들뜬 기분이 되지도 않는다.

타인의 결점을 즐거이 받아들여라

주위 사람의 결점을 받아들여라.

그래야 할 때는 어쩔 수 없다.

우리의 주변에는 더불어 살기 어려운 끔찍한 성격의

소유자들이 있다.

그러나 그들을 떠나서는 살지 못한다.

마치 추악한 얼굴에 익숙해지듯 그들의 결점을

모두 끌어안아서 점차 익숙해지는 것이 현명하다.

언젠가 자신이 뿌린 씨앗이 추악한 열매로 돌아왔을 때

그대는 그 원인을 인정하고 결과를 받아들여라.

그러면 아무리 끔찍한 상황을 맞아도

결코 중심이 흔들리지 않으리라.

처음엔 그 결점들이 그대에게 경악을 불러일으키지만
점차 그 추악함에 익숙해질 것이다.
그렇다고 굴욕적인 타협은 하지 마라.
그것은 그대도 상대방도 돕는 일이 아니다.
같이 몰락하는 상황일 때는 과감하게 모든 것을 청산하라.
그것이 자신과 상대를 돕는 최선의 길이다.

시대의 흐름에 순응하라

시대의 흐름에 순응하라.

지식조차도 유행을 따른다.

유행에 둔감하다는 것은 무식함을 드러내는 것과 같다.

과거의 생각을 과감히 버리고 유행을 따르라.

어떤 분야에서든 다수가 원하는 것이 강력한 발언권을 가
진다.

현대를 선도하는 트렌드를 따르고 이를 더 높이 완성시키
려고 노력해야 한다.

현명한 자는 몸과 마음의 치장에서 비록 과거의 것이

더 좋아 보이더라도 현재에 순응한다.

마음이 착한 것만으로 인생을 살아갈 수 없다.

미덕은 연습이 필요없기 때문이다.

그러나 많은 사람들은 모두 이를 외면하려 한다.

오늘날에는 진실을 말하고 약속을 지키는 것을 구시대의
유물처럼 보는 경향이 있다.

착한 사람들은 그 옛날

좋은 시절에나 있었던 것으로 생각하지만,

그들은 오늘날에도 사람들로부터 존경을 받는다.

아직도 좋은 사람들이 있다면 그들은 유행의 대상은 결코
아니다.

현명한 자는 자신이 원하는 대로는 아니라도

힘껏 할 수 있는 것을 하며 산다.

그리고 운명이 그대에게 부여한 것을 거부하지 말고
더욱 소중히 여겨라.

절교의 기술

칼로 무를 베듯이 절교하지 마라.

한 번의 절교로 상대방은 가슴에

깊은 상처를 입기 쉽다.

그대와 헤어진 친구는 그대에게

가장 치명적인 적이 될 수 있다.

그는 그대의 과실을 대중에게 낱낱이

드러내보임으로써 자신의 치부를 감추려 할 것이다.

누구나 자기의 기준으로 사람을 평가하고 또 그것을 말하

게 마련이다.

남들이 그대를 질책한다면 이는 그대가 애초에

주의력이 없었거나 마지막에

인내심이 부족했기 때문이다.

친구와 결별해야 할 때가 오면 서로 뜨거웠던

마음이 서서히 식도록 유도하라.

이는 상대에게 분노를 폭발시킴으로써

파괴적으로 매듭짓는 것보다 안전하다.

정신력을 단련하라

살아가는 데 있어 가장 중요한 것은 용기이다.

죽은 사자의 갈기는 토끼도 뜯을 수 있다.

거기에는 용기가 필요 없다.

한 번 양보하면 두 번째도, 그리고 마지막까지도

양보해야 한다.

마지막에 이기기 위해 쓰는 힘을 처음부터 썼더라면

훨씬 더 큰 목적을 달성할 수 있었을 것이다.

용기는 육체의 근력을 훨씬 능가한다.

정신은 곧 피난처이다.

나약한 정신력은 쇠약한 육체보다 더 많은 것을

잃게 한다.

뛰어난 능력을 지닌 사람들은 자신의 정신력이
고갈되면 죽은 사람처럼 살다가 무위 속에 갇혀
생을 마친다.
육체도 힘줄과 뼈를 가졌는데 하물며 정신에는 그보다 더
강한 것이 내재해 있지 않겠는가.

매사에 지나치지 마라

단맛, 쓴맛을 한꺼번에 보려 하지 마라.

나쁜 일도 좋은 일도 마찬가지다.

정의도 지나치면 나쁜 결과를 가져올 수 있다.

사과를 쥐어짜면 나중에는 쓴맛이 나온다.

따라서 즐거운 일도 적당한 선에서 끝내라.

쾌락의 맨 밑바닥까지 가면 정신마저 혼미해진다.

너무 잔인하게 짜내면 결국에는 우유가 아닌 피가 나온다.

예민하고 민첩하게

예민하고 민첩하라.

그러나 이를 오용하지 마라.

모든 인위적인 것은 사람들에게 의심받기 쉬우므로

보이지 않도록 하라.

특히 그것이 예방책일 때는 더욱 그러하다.

그러지 않으면 타인에게 미움을 받기 쉽다.

기만은 세력이 클 수 있지만 더불어

배로 의심받을 수 있다.

기만은 불신을 야기하고, 감정을 상하게 하고,

나아가 마침내 복수를 일으키는 등 누구도 생각지 못했던

불행한 결과를 가져오기 때문이다.

이왕이면 좋은 것을 취하라

매사에 최선의 것을 취하라.

이는 좋은 취향의 당연한 보상이다.

꿀벌은 꿀을 모으기 위해 단곳으로 달려들고

뱀은 독을 모으기 위해 쓴곳으로 달려든다.

어떤 사람들은 좋은 취향을 향해 달려가고,

어떤 사람들은 나쁜 쪽을 향해 달린다.

어떤 일이든 좋은 부분은 있다.

특히 생각의 산물인 책은 더욱 그렇다.

많은 사람들이 늘 불행한 생각만을 하고 살기 때문에

천 가지 완벽함 속에서도 단 한 가지 과오가 있으면

이를 모두 끄집어내어 질책하고

끝없이 말을 하고,
다른 사람들이 이미 폐기처분한 것들을
열심히 수집한다.
또한 그들은 남의 과오를 기록하며 줄곧 쓴 것을 먹고,
불완전한 것을 그들 인생의 양식으로 삼으면서
슬픈 인생을 마감한다.

경쟁자의 반대편에
서지 마라

경쟁자가 좋은 쪽에 섰다고 해서 나쁜 쪽에 남기를
고집하지 마라.
상대방이 한발 앞서 좋은 쪽을 택했다고 적대감에 휩싸여
일부러 나쁜 쪽을 택하는 것은 어리석은 짓이다.
현명한 자는 결코 감정적으로 일을 처리하지 않고
항상 지혜롭게 행동한다.
이때 그대의 적수가 어리석다고 생각되면
곧장 방향을 바꿔 반대편인 나쁜 쪽에 서라.
상대방을 좋은 쪽에서 쫓아내기 위한 유일한 방법은
자신이 좋은 쪽을 택하는 것이다.

마음의 전염병

행복한 사람을 찾아 그와 함께 하고, 불행한 사람을 미리
알아 피하라.
불행은 대개 우둔함에 대한 벌이고, 그것을 따르는
사람에게는 전염성이 더욱 강하다.
아무리 작은 재앙에도 틈을 보이지 마라.
틈을 보이면 더 큰 재앙들이 그대에게
돌격해 들어올 것이다.

확신이란 이름의 완고한 고집

어떤 일이든 너무 확신하지 마라.

우둔한 자는 대개 확신이 강하고, 확신이 강한 자는

우둔한 편이다.

돌이켜보라.

그대는 자신의 판단이 잘못되어 일을 그르쳤을 때

이상하게 고집이 더 강해져 있지 않았는지.

자신의 본능은 이미 그것을 깨달아 잘못됐음을

지적했는데, 그대가 무시하고 인정하지 않았던 것이다.

세상에는 자신의 본능을 무시하는 데 익숙한 사람이

너무나 많다.

우리 주위에는 확신이라는 이름의 완고한 고집으로

모든 것을 잃은 사람이 얼마나 많은가.

진리가 아닌 비이성적 천박함을 나 자신으로 삼았기

때문이다.

확신이 설 때의 '나'는 백 년이 가도 변하지 않을 것 같다.

하지만 일을 망친 후, 백 년이 가도 변하지 않을 것 같았던

'나'는 후회와 비탄의 구렁텅이에 빠져 있을 것이다.

세상에는 두 부류가 있다.

한쪽은 무슨 말로도 확신시키기 어려운 자들이 있는가 하면,

다른 한쪽은 무슨 일이든 철저히 확신에 빠지는

변덕스럽고 망상적인 고집쟁이이다.

둘 다 우둔함과는 결코 떨어질 수 없는 사이이다.

확고함은 의지이지 분별력은 아니다.

확신하여 실행한 결과가 나쁘면

그 피해는 대단히 크다.

밀어붙여서 안 되는 것

어리석은 일을 계속 밀어붙이지 마라.
어떤 사람들은 방향을 잘못 잡았지만, 계속해 보면
좋아질 줄 알거나, 자신이 한번 내디딘 길이니
계속 가는 것이 결단력을 보이는 것이라고 오인한다.
이로써 그는 처음 일을 시작할 때는 사려가 없다는
정도의 질책을 받지만, 그 일을 계속해 나가는 동안
사람들에게 어리석다고 경멸을 받게 될 것이다.

아무것도 모르는 사람처럼

인간적인 어리석음을 활용하라.

현명한 사람도 때때로 이 카드를 사용한다.

이 세상에는 아무것도 모르는 것처럼 보이는 사람이

어떤 때는 가장 알찬 지식을 갖고 있을 수 있다.

어리석은 군중들 앞에서 현명한 체하는 것은 별로

도움이 되지 않는다.

늘 듣는 사람이 이해하기 쉬운 언어로 이야기하라.

어리석은 체하는 사람이 잘못된 것이 아니라

어리석음을 고통스러워하는 자야말로 진정 어리석은 자이다.

남의 호감을 받는 유일한 방법은 상대와 같은

동물의 털로 자신을 덮는 일이다.

험담은 하지도 듣지도 마라

남의 험담을 자주 하는가? 그렇다면 그대는 남의 명예를
더럽히는 사람이라는 오명을 각오하라.
남을 교활하게 희생시키려 하면 혐오감을 살 뿐이다.
남의 험담을 즐기는 자는 결국 자신이 험담의 대상이
되고 만다.
만약 그들의 수가 많으면 그대는 참담하게 굴복하게 된다.
나쁜 것은 결코 그대의 기쁨이 되어서도 관심의
대상이 되어서도 안 된다.
사람을 중상하는 사람은 영원히 미움을 받는다.
험담을 일삼는 자는 더 나쁜 험담을 듣게 된다.

좋은 일은 직접 하라

유리한 일은 직접 하고 불리한 일은 남에게 시켜라.

전자로는 호의를 얻고, 후자로는 그들의

반감을 피할 수 있다.

사회적으로 잘 알려진 인물이 좋은 일을 하면

사람들의 기쁨은 배가 된다.

이는 그의 마음에 스며든 행복감이

온 세상에 퍼지기 때문이다.

그러나 남에게 고통을 주면 자신이 고통을 겪게 된다.

연민이든 앙갚음 때문이든 고통을 감수해야 한다.

그러니 좋은 것은 직접 베풀고 나쁜 것은 간접적으로

남을 통해 행하라.

군중의 분노는 개의 분노를 그대로 닮았다.
그들은 자신들에게 오는 고통의 원인을 알려고 하지 않고
꼭두각시에게만 맹렬하게 대든다.
그 꼭두각시는 진짜 원인 제공을 한 것도 아니면서
그들 앞에 나선 탓에 보복을 받게 되는 것이다.

일과 성향을 맞춰라

자신에게 맞지 않는 일은 가급적 피하라.

어떤 일이든 양면이 있다.

아무리 좋은 일이라도 칼날을 붙들면 고통이 되고,

적대적인 것이라도 그 손잡이를 잡으면

방패가 될 수 있다.

처음에는 그 장점만 보고 기뻐하다가 나중에는

후회하는 사람이 많다.

세상일에는 반드시 유리한 쪽과 불리한 쪽이 있다.

그 중 유리한 것을 골라내는 것이 수완이다.

그래서 어떤 사람은 매사에 만족하고

어떤 사람은 매사에 불평만 한다.

전우와 함께 있어라

불행을 같이 나눌 사람을 항상 곁에 두라.

그러면 혼자서 위험에 맞서지 않아도 되고, 남의 증오도
혼자서 감당하지 않게 되리라.

높은 지위와 명예를 혼자만 누리다가 훗날 온 국민의 원망
을 들을 수 있다.

운명도 대중적 비난도 두 사람을 한꺼번에
공격하기는 쉽지 않다.

그래서 현명한 의사는 환자를 치료할 때,

실수를 할 경우를 대비해 그 환자의 시체를 밖으로
같이 들어내 줄 사람을 구하기도 한다.

실제로 행하라

하는 척만 하지 말고 실제로 열심히 하라.

많은 사람들은 자신이 정말 중요한 일을 하고 있는 것처럼

몹시 뽐내고 싶어한다.

별로 하는 일도 없이 말이다.

사람들은 자신이 하는 일은 하찮은 일도

엄청난 일인 양 포장하기를 좋아한다.

그대가 진정으로 지혜롭게 살고 싶다면 자신이 세운 업적

이나 장점을 결코 남 앞에 내세우지 마라.

남이 모르게 행동하고, 남들이 이야기하도록 내버려두라.

행동은 보이되 스스로 광고하지는 마라.

영웅처럼 보이기보다 정말 영웅이 되려고 노력하라.

재능과 성찰과 취미의 미덕

훌륭한 인물을 만드는 세 가지 요소는 뛰어난 재능과
깊은 성찰, 그리고 고상한 취미다.
무엇이든 한 쪽으로 치우치지 않게 균형 감각을 갖는 것이
중요하다.
그러나 바른 생각과 깊은 통찰력을 갖는 것은
그 무엇보다 중요하다.
어두운 곳에서도 사물을 잘 파악해 내는 사람이 있다.
그런 사람은 지금 이 순간 자신에게 무엇이 가장 중요한지
금세 자각하고 곧장 그 일에 착수한다.
그리고 그가 거두는 수확은 크다.
그뿐만 아니라 좋은 취미는 그의 삶 자체에 향기를 풍긴다.

있는 그대로를 보여 주어라

어떤 휘장으로도 그대를 가리지 마라.
빼어난 장점도 화려한 휘장에 덮이면 마침내
누더기가 될 수 있다.
휘장은 별난 일에 수여되는 것이기 때문에,
그것에 관련된 사람은 고립되기 쉽다.
미모조차도 두꺼운 화장으로 덮게 되면
결국 품위를 떨어뜨린다.
사회적으로 의미 있는 일들이 괜한 치장 때문에
나쁜 결과를 가져온 경우가 얼마나 많은가.
놀라운 통찰력조차 지나치면 고리타분한
잔소리가 될 수도 있다.

남의 일에 나서지 마라

자기 일이 아니면 절대로 상관하지 마라.

우리들 주위에는 입만 열면 남을 헐뜯는 사람,

뭐든 문젯거리로 만드는 사람이 있다.

이런 사람은 매사를 심각하게 받아들여 싸움을 걸거나

은밀한 공작을 꾸미기를 좋아한다.

그러나 짜증나고 불쾌한 일은 진지하게

받아들이지 않는 것이 좋다.

태도를 분명히 하지 않으면 아무 상관없는 일에 휘말리기

쉽다.

한 귀로 흘려 버려도 될 일을 붙들고 있는 사람은

참으로 어리석다.

정말 중요한 일은 넋을 놓고 방관하는 경우가 있는가 하면, 아무것도 아닌 일을 심각하게 받아들여 긁어 부스럼을 만들어 놓는 경우가 있다.

이런 일은 처음에는 간단히 빠져 나올 수 있지만 나중에는 그렇지 못하다.

아니다 싶은 것은 일찌감치 그만두는 것이 지혜롭게 사는 방법이다.

겉모습도 중요하다

겉모습도 중요하다.

대개의 사람들은 내면의 모습보다

겉모습에 매료되는 경우가 많다.

대부분의 사람들은 첫 만남에서 짧은 시간에

상대의 여러 가지 정황을 판단해 낸다.

추악한 겉모습을 하고 내적인 아름다움만을 내세우는 것

은 마치 고집스런 코뿔소 같은

인상을 남에게 줄 수도 있다.

그러므로 늘 좋은 이미지를 보이도록 하라.

자신을 믿으며 가라

자신이 처한 현실에 만족하라.

늘 만족하며 살았던

철학자 디오게네스가 죽었을 때

그는 자신 안에 모든 것을 갖고 있었다.

그대가 로마 제국과 전세계를 가질 만한

인물이 될 수 있다면

바로 자신에게 이런 친구가 되어 주어라.

그러면 미래의 삶이 든든해질 것이다.

이 세상에 자신보다 더 나은 감식력을 가진 자가 없는데

누구에게 의지한단 말인가.

스스로를 의존할 수 있으면 더 이상 바랄 것이 없다.

마음의 평화를 유지하라

마음이 평화로운 자가 오래 산다.

참다운 삶은 있는 그대로 내버려 두는 것이다.

평화로운 자는 자신에 대해 군림한다.

눈에 보이는 모든 것을 보고 듣고 그리고 침묵을 지켜라.

낮에 싸움이 없으면 밤은 깊고 고요하다.

기분 좋게 사는 것이 형제와 이웃을 위한 것이며,

평화의 결실이다.

매사를 다 기억하고 가슴에 담아두려고 하는 것보다

고약하고 자신을 해치는 것은 없다.

마음의 소리에 귀를 기울여라

내면이 충실한 사람이 되라.

대부분의 사람들은 늘 끝없이 욕망을 갈망한다.

사람이 모두 겉으로는 온전한 듯 보여도 마음을

들여다보면 복잡하기 그지없다.

주변을 보면 믿을 수 없는 사람들이 너무나 많다.

그들은 망상을 품어 기만을 낳고, 자신들과 비슷한

사람을 찾아서 서로 인연을 맺는다.

그들은 대체로 불확실한 기만을 확실한 진실보다

선호한다.

그런데 상대를 기만하는 성품은 한번 그것을 행하면

더 많은 기만을 필요로 한다.

그 모든 것이 망상에 의한 것이어서 처참한
추락이 기다리는데도 그들은 일시적이고
자유로운 허공의 느낌에 탐닉한다.
하지만 망상에 의한 공중 누각은
결코 오래 가지 못한다.
그러므로 마음을 현혹시키는 약속을 하는 사람은
의심의 눈으로 보아야 한다.
다른 사람보다 좋은 조건을 제시하면
의혹을 가져라.
약속에 앞서 그대의 마음이 하는 소리를
귀담아 듣는 것이 중요하다.

망각은 행복을 부른다

잊어버릴 줄 알아라.

잊는 것은 기술이라기보다는 행복이다.

그러나 애석하게도 우리는 나쁜 것을 가장 잘 기억한다.

기억은 우리가 그것을 가장 필요로 할 때 냉정하게 우리를

떠날 뿐만 아니라, 그것을 진정 원하지 않을 때

뻔뻔하게 우리에게 다가온다.

기억은 우리를 고통스럽게 하는 일에는 지나치게

친절하면서도 정작 우리를 기쁘게 하는 일에는

참으로 게으르다.

하지만 친절한 기억이든 불친절한 기억이든

그대는 그것을 마음대로 지울 수 있어야 한다.

남의 흠을 들추지 마라

남의 흠을 들추지 마라.

타인의 잘못에 관심이 쏠리는 것은 자신의 과오가

그 이상으로 많다는 증거이다.

어떤 사람은 다른 사람의 과오로 자신의 과오를 감추거나

씻어 내려 하기도 하고

그 속에서 마음의 위안을 찾기도 한다.

하지만 이는 오직 자신의 무지에 대한 위안일 뿐이다.

이 세상에 과오를 저지르지 않는 사람은 아무도 없다.

현명한 자는 남의 잘못을 기록하거나 들추지 않는다.

만일 그렇다면 겉모습만 그럴듯하게 보일 뿐 실제로는

비인간적인 사람이 틀림없다.

행복과 명예

행복은 일시적이지만 명예는 지속된다.

전자는 현재에 관한 것이고 후자는

내일을 위한 것이다.

행복은 갈망의 반대이고, 명예는 망각의 반대다.

행복은 소망의 대상으로 조장되기도 하나

명예는 획득되는 것이다.

명예의 여신은 언제나 비범하고 기괴한 것, 기적 또는

혐오나 갈채의 대상을 추구한다.

자주 범하는 실수는 항시 기억하라

자주 범하는 실수는 항시 기억하라.

우리의 눈에 완벽해 보이는 사람도 약점이 있고,

어쩌면 그것과 비밀스런 밀월을 즐기는지도 모른다.

나쁜 습관은 자신도 모르는 깊은 잠재의식 속에

도사리고 있다.

그것은 클수록 더 눈에 띈다.

자기 약점을 알면서도 그것을 사랑하는 것,

이는 불행을 즐기는 사람의 한심한 태도다.

자신의 약점에 열정적으로 끌리는 것은 완벽함에

달라붙은 오점이며 타인에게는 혐오감을 준다.

자신의 장점을 살리기 위해서는 나쁜 습관은 당장 벗어 던져야 한다.

누군가 그 약점과 부딪히면 사람들은 그대의 모든 장점은 잊어버리고 당장 비난을 하게 될 것이다.

상상력을 조종하라

상상력은 우리의 마음을 마음대로 조종한다.

그리고 우리의 이성조차 휘어잡는다.

상상력은 폭군처럼 우리의 삶을 휘두르기도 하고

그저 관망하기도 한다.

때때로 상상력은 만족을 모르고 부풀어 올라 우리를

완전히 포박하기도 한다.

그러고는 감정의 태풍 속으로 미친 듯이

몰아넣기도 한다.

상상력은 어떤 사람에게는 늘 고통만 주면서 우롱하고,

어떤 사람에게는 미소를 지으면서

행복과 낭만을 선사한다.

자기 자신을 관찰하라

자신에게도 타인에게도 완전히 속박되지 마라.

이것은 둘 다 그대에게는 독재자와 같다.

오직 자신을 위해서만 사는 사람은 독선과 아집에 빠져

모든 것을 독식하려 든다.

이런 사람은 하찮은 일도 결코

남에게 양보하려고도, 자신을 희생시키려고도 하지 않는다.

그는 고독의 고통이 뼈에 사무칠 때에야 비로소

자신의 실책을 알게 된다.

그대여!

때로는 남에게 속하여 그들이 그대에게 속하게 하라!

공직에 몸을 담고 있는 사람은 공직의

노예가 되어야 한다.

그러지 않으면 위신이 깎일 것이다.

한편 언제나 남에게만 속해 있는 사람이 있다.

이들은 어리석음의 경지에 와 있다.

이들은 한시도 자신을 생각하지 않고 지나치게

타인 위주로 살기 때문에 모든 사람의 공복이라는

칭송을 들을 수는 있다.

이것이 지나치면 그들은 분별력을 잃어버려 남을 위한 일은

꿰뚫어보되 정작 자신을 위해서는

아무것도 할 수 없는 자가 된다.

신중한 자라면 사람들이 자신을 찾는 것이 아니라

자신 속에 있는 이익을 찾고 있음을 알아야 한다.

마음을 잘 관찰하라

자신이든, 타인이든 마음을 잘 들여다보라.

대부분의 사물은 그 겉과 속이 판이하게 다르다.

늘 껍질만 보다가 그 속을 살피게 되면

착각은 사라진다.

착각은 껍질만을 보기 때문에 생긴다.

그런데 세상 사람들은 피상적인 것을

빨리 받아들인다.

그러나 진실로 참된 것은 뒤로 물러서서 자신을 숨긴다.

그것을 찾기 위해서는

과학자처럼 살펴야 한다.

자기 완성에 이르는 길

자기 완성에 힘쓰라.

이 세상에 완전한 사람은 없다.

매일같이 사람은 인격을 닦아야 한다.

모든 능력을 완벽하게 발휘하고, 고매한 성품이

빛을 발하여 자기 완성에 도달할 때까지.

고상한 취미가 생기고 생각이 맑아지고

판단이 성숙해지고 의지가 순수해질 때

비로소 자기 완성이 이루어치는 것이다.

불평은 비열한 감정에서 나온다

불평은 악덕이다.

모든 것을 악으로 모는 음울한 생각을 가진 자들이 있다.

그들은 다른 사람들이 이미 한 것, 그리고 앞으로 할 것을
저주하는 사람들이다.

이는 잔혹함보다 사악한 감정, 즉 비천함에서 나온다.

그들은 돌부스러기를 대들보라 칭하는 과장을 일삼으며
저주를 한다.

게다가 이에 사악한 열정까지 가세하게 되면

그들은 마침내 상대를 극단으로 몰아간다.

반대로 고귀한 심성을 지닌 자는 일부러 상대의 과실을
눈감아 줌으로써 용서와 화해의 장을 만들어 낼 줄 안다.

침묵은 확실한 두뇌의 봉인이다

침묵은 확실한 두뇌의 봉인이다.

비밀이 없는 가슴은 마치 공개된 편지와 같다.

사물의 근원이 깊은 곳에는 비밀도 깊다.

침묵은 사려 깊은 자제에서 나온다.

그리고 여기서 자신을 극복하는 것이 참된 승리다.

자기가 할 일을 상대에게 말할 필요가 없고,

이미 말한 것을 또다시 말할 필요가 없다.

마음의 소리에 귀를 기울여라

마음의 소리에 귀를 기울여라.

마음이 진실을 말할 때는 특히 그러하다.

그리고 마음을 믿어라.

그대의 깊은 내면의 소리가 무엇이 가장 중요한지를

사전에 알려준다.

그것은 내면 깊숙한 곳에 있는 예언자의 말이다.

대부분의 사람들은 천부적으로 참된 자아를 갖고 있다.

참된 자아는 자신에게 불행이 다가올 때면

사전에 예방하라고 경고를 한다.

그대의 참된 자아, 즉 진실의 소리를 듣지 못하고 사는 것
은 마음 속에 잠든 자아를 껴안고 있는 셈이다.

모두가 바보가 되는 순간

세상의 절반이 다른 절반을 비웃는다.

이것은 양쪽 모두가 다 바보가 되는 순간이다.

서로가 선택하는 대로 매사가 다 좋거나 매사가

다 나쁘게 된다.

세상을 살면서 모든 일을 자기 생각대로만 끌어가려는 자

는 지독한 바보다.

거기에는 진정한 의식 대신 둔감한

감각이 있을 뿐이다.

어떠한 과실이라도 그것을 감싸주는 사람은

있게 마련이다.

그러니 그대의 의견이 비록 몇몇 사람의 동의를 얻지
못한다고 용기를 잃을 필요는 없다.
그것을 인정하는 사람들도 있으니까.
그러나 사람들의 찬사에 너무
들뜨지 마라.
이를 배척하는 사람들이
문 밖에서 기다리고 있
으니.
명망 있는 사람들 가운
데 권위를 지닌 사람이
자신에게
주는 찬사가 진짜 흡족한 찬
사이다.
어떤 한 사람의 일시적인 찬사에 고무되어
살아서는 안 된다.

극단적인 태도를 보이지 마라

극단적인 태도를 보이지 마라.

또한 모순된 태도를 보이는 것을 삼가라,

기질에서든, 행동에서든.

분별이 있는 자는 항상 평정을 유지하며

늘 변함없는 안정감 속에 살아가고 있다.

그리하여 그는 매사에 사려 깊고

지혜롭다는 평판을 듣는다.

만약에 변화가 있다면 외부 사정이나 다른 사람들이

그 원인일 뿐이다.

태도가 돌변하면 비천하게 보인다.

주변을 살펴보면 변화무쌍한 감정의 소유자들이 널려 있다.

어제는 "네" 하고 흰색이었던 것이 오늘은 "아니오" 하고
검은색으로 변하는 사람들이다.
이렇게 그들은 항상 자신들의 신용과 명망을 추락시키고
타인들의 이해에 혼란을 가져온다.

자신의 능력을 알라

자기 자신을 잘 파악하라.
자신을 먼저 파악하지 않고는 절대 자신의
주인이 될 수 없다.
무슨 일을 하기 전에 반드시 자신의 능력과 분별력,
섬세함을 가늠하라.
상대와 거래에 들어가기 전에 자신의 용기를 시험하라.
자신의 깊이가 어느 정도인지 가늠하고 모든 일을 감당할
능력이 되는지 점검하라.
자기 자신을 아는 것은 세상의
모든 지식을 아는 것보다 더 값지다.

새로운 변화를 받아들여라

항상 자신의 정신을 새롭게 하라.

사람의 마음은 칠 년마다 주기적으로 변한다고 한다.

그러니 자신의 취향을 개선하여 더욱 고상해져라.

일곱 살이 되면 그의 정신에 분별력이 들어선다.

그리고 칠 년이 지날 때마다 새로운

품성이 들어선다.

이십 대에는 공작이요, 삼십 대에는 사자요,

사십 대에는 낙타, 오십 대에는 뱀, 육십 대에는 개,

칠십 대에는 원숭이가 되고,

팔십 세가 되면 아무것도 아니다.

비밀은 노예를 만든다

윗사람의 비밀에 절대 끼어들지 마라.
때가 되면 그는 자기의 추악함을 보여 주는
거울을 깨버리고 말 것이다.
그대의 상사는 자신의 진면목을 파악한 사람을
결코 가까이 두려 하지 않을 것이다.
누구에게도, 특히 권력 있는 자에게는
그들의 비밀을 캐는 너무 노골적인 채찍을 가하지 마라.
세상에서 가장 위험한 것이 우정과 믿음이다.
남에게 자신의 비밀을 털어놓은 사람은 결국은
상대방의 노예로 살게 된다.

자신을 관찰하는 지혜

자신의 몸과 마음을 항시 관찰하라.

사물에 대한 느낌이나 생각에 흔들리지 않으면서 마음의

중심을 잡고 있는 자가 진정으로 훌륭한 사람이다.

자신을 관찰하는 것은 그 자체가 지혜이고, 자기 인식은

곧 자기 개선의 출발점이다.

세상에는 늘 극단적인 변덕에 빠지고, 취향 역시

자주 바뀌는 불협화음의 괴물이 도사리고 있다.

방탕한 생활은 의지를 파멸시키고

이성을 파괴한다.

따라서 의지력은 순식간에 뒤틀리고 만다.

참신성을 마음껏 활용하라

참신성을 마음껏 활용하라.

그대가 참신한 모습을 보이는 시기에는 사람들에게서

좋은 평을 들을 것이다.

그러나 신개발품의 빛은 그 수명이 짧음을 알아라.

그러니 좋은 평을 받을 때,

바람 같은 찬사가 사라지기 전에 재빨리

자신이 진실로 노리는 것을 붙들어라.

스스로를 칭찬하는
바보가 되지 마라

자신에 대해 말을 아껴라.

늘 자신의 몸과 마음의 움직임을 관찰하여

혀의 움직임을 멈추게 하라.

말하는 자에게서 어리석음이 드러나면 듣는 자는

괴롭고 혐오스럽기까지 하다.

이는 일반적인 인간관계에서도 반드시 피해야 할 일인데

높은 지위에 있을 때나 회합에서는 말할 것도 없다.

상대에게 조금만 약점이 드러나면 사람들은

그를 어리석은 자로 여긴다.

근면이 보장하는 것

근면과 재능을 자기 것으로 만들어라.

두 가지가 모두 없으면 결코 뛰어난 사람이

되지 못한다.

그러나 두 가지를 모두 가지면 매우 훌륭한 사람이

될 수 있다.

평범한 머리를 가진 보통 사람도 근면하면 그렇지 못한

사람보다 더 앞서 나갈 수 있다.

근면의 대가로 살 수 있는 것은 명성이다.

대가가 적으면 그 가치도 적다.

최고의 지위에서는 노력 부족이 문제이지 재능이 부족해

서 궁지에 몰린 사람은 없다.

높은 지위의 제2인자가 낮은 지위의 제1인자보다
낫다는 것은 나름대로 변명이 되지만 높은 지위에서는
뛰어난 반면 낮은 지위에서 평범하게 머무는 데
만족한다면 이는 변명이 될 수 없다.
따라서 사람은 타고난 재능과 후천적인 노력이
모두 필요하다.
그리고 근면은 이 둘을 모두 보장해 준다.

말과 행동이
그대를 만든다

말과 행동이 그대를 만든다.

그러니 입으로는 고매한 것을 말하되 행동은

영예롭게 하라.

말은 두뇌의 완성을, 행동은 마음의 완성을 나타낸다.

이 모든 것은 고상한 정신에서 나온다.

말은 행동의 그림자이다.

말이 여성적이라면 행동은 남성적이다.

칭찬하는 자가 되기보다는 칭찬받는 자가 되어라.

말을 하기는 쉬우나 행동은 어렵다.

행동이 삶의 본질이라면 말은 장식품이다.

훌륭한
행동은 뒤
에 남지만 말은
덧없이 사라진다.
행동은 생각의 결실이
므로 생각이 지혜로우면
행동은 곧장 성공으로 향한다.

물질문명의 정점

오늘날의 물질문명은 그 정점에 도달했다.

무엇보다도 자기 주장을 관철시키는 기술은

최고의 수준에 이르렀다.

한 사람의 특출한 사람이 옛날 일곱 사람의 현인이 지녔던

지식정보보다 훨씬 더 많은 것을 갖고 있다.

따라서 옛날 한 민족 전체를 다스릴 때보다 오늘날

한 사람을 다루는 것이 더 많은 지혜와 노력이 요구된다.

하소연을 삼가라

하소연을 삼가라.

하소연은 그대의 위신을 떨어뜨릴 뿐이다.

울고 싶으면 혼자 울어라.

울화가 치밀어도 배짱을 보이는 것이 자기 연민에 빠져

한탄을 늘어 놓는 것보다 낫다.

사람들은 자기가 겪은 부당함을 남에게 하소연하여

자신의 입장이 옳음을 증명해 보이려고 한다.

또 타인의 도움과 위안을 얻으려다가 그들로부터

경멸을 산 경우가 비일비재하다.

차라리 한 사람에게서 얻은 호의를 다른 사람에게

자랑하여 그에게도 비슷한 감정을 갖게 하라.

그것이야말로 한 발 더 전진하는 자기 발전이다.
자리에 없는 사람들에게 감사함으로써 그 자리에 있는
사람도 그런 감사를 받고 싶어하도록 하라.
다시 말하자면 그대가 어떤 사람에게 얻은 호의를
다른 사람에게도 파는 것이다.

자아 도취는 어리석음의 지름길

자아 도취에 빠지지 마라.
제아무리 자신이 훌륭하다고 생각해도
남의 마음을 끌지 못하면
아무런 도움이 되지 않는다.
자아 도취에 빠진 사람은 절대 다른 사람의 말을
귀담아 듣지 않는다.
스스로 말을 하면서 동시에 듣는다는 것은
결코 쉬운 일이 아니다.
또 자신하고만 이야기하는 것이 어리석은 행동이듯,
남 앞에서 항상 자신의 이야기에만 빠져 있는 것은
곱절로 어리석은 일이다.

있는 그대로를 보여라

상대에게 특별한 사람인 체하지 마라.
일부러 그렇게 보이려고 애쓰지도 마라.
어떤 사람들은 괴상한 연출을 하여
사람들의 시선을 끈다.
이는 특출한 개성이 아니라 자기 본연의 개성에게
침을 뱉는 모욕일 수도 있다.
외모가 몹시 추해서 세상에 알려지는 사람이 있듯이
태도가 지나치게 상스러워서 알려지는 사람도 있다.
있는 그대로의 모습으로 산다면 사람들은 반드시
그대를 있는 그대로 봐 줄 것이다.

'내가 누구인가!'를 기억하라

건실한 사람이 되라.

이 세상에서 제대로 된 거래의 시대는 끝이 났고,

진실은 모습을 감추어 버렸다.

좋은 친구는 적고, 최고의 봉사를 하고도

최저의 대가밖에 받지 못한다.

이것이 오늘날의 세상이다.

그렇다고 이러한 잘못된 것들을 무조건 따라야 할까?

세상에 만연한 부정부패를 보노라면

우리의 정직성도 가끔 흔들릴 때가 있다.

그러나 그대는 남들이 어떤 사람인가를 알기보다 자신이

누구인가를 잊어서는 안 된다.

376

여흥은 천천히, 일처리는 빨리

조급함을 늘 경계하라.

매사에 시간을 적당히 나눠 쓰면 자신만의

시간을 넉넉히 즐길 수 있다.

많은 사람들이 인생의 참다운 기쁨을 모른 채

지나친다.

그들은 향유하는 것에 기쁨을 느끼지 못하고

그것을 망쳐 버린다.

그리고 자신에게서 행운이 멀리 떠난 후에야 아쉬워한다.

유심히 보면 그들에게는 특유의 공통점이 있다.

그들은 기뻐해야 할 순간조차도 늘 걱정거리를

만들어서 쥐의 이처럼 미래를 갉아먹는다.

그들은 성급함 때문에 모든 즐거움도 사랑도 허겁지겁
해치운다.
또한 지식을 습득할 때는 안 배워도 좋은 것은
배우지 않도록 해야 한다.
사람의 일생은 기쁨이 머무는 시간보다
그렇지 않을 때가 더 많다.
그러니 유흥은 천천히, 일은 빨리 마쳐라.
주어진 일과를 끝내는 것은 보기 좋으나
유흥이 끝난 것은 보기에 좋지 않다.

끝이 좋으면 다 좋다

늘 해피 엔딩을 마음 속에 그려라.

대부분의 사람들은 과정을 즐기면서 목표에

도달하기보다는 엄격한 규율 속에서 자신의 목표에

닿으려 한다.

사람들은 승리한 자에게 박수를 보내는 것보다

실패자에게 치욕감을 안기기를 더 즐기는 경향이 있다.

그러나 이에 상관없이, 승리한 자는

영웅담을 떠벌일 필요는 없다.

끝이 좋으면 모든 것이 돋보인다.

아무리 그 수단이 부적절했다 하더라도.

정의의 편에 서라

어떤 상황에서든 정의의 편에 서라.

정의로운 사람은 항상 옳은 자 편에 선다.

사람들의 열정도 전제군주의 무력도 결코 정의를

허물지는 못한다.

그러나 정의를 진정으로 신봉하는 사람은 많지 않다.

정의를 찬양하는 사람은 많지만

일신의 평안을 위해 정의를 저버린다.

어떤 사람들은 자신이 위태로울 때까지 정의를 추종한다.

그러다가 위정자들에 의해 부인당하고

정치가들에 의해 배신당한다.

정의는 우정이든 권력이든 자신의 이익이든 절대로

고려하지 않기 때문이다.

바로 이 때문에 정의가 거부당하는 위험에 빠진다.

교활한 사람들은 그럴듯한 형이상학으로 국시에

어긋나지 않는 정의를 추상화시킨다.

그러나 정의를 고집하는 사람은 자신의 뜻에 반하는 것은

모두 배신으로 간주한다.

그는 자신의 지혜 앞에서도 절대로 굴하지 않는 숭고한

정신에 더 가치를 둔다.

사물의 진리가 발견되는 곳에는 항상 정의가 있다.

정의로운 사람이 만일 어느 무리에 대한 충성을 바꾸면

이는 그가 변절해서가 아니라 그 쪽의 변덕 때문이다.

그 쪽은 사전에 이미 진리에서 떨어져 나간 것이다.

좋은 결과를 생각하며 살아라

하늘에는 기쁨이, 지옥에는 고통이….

그 중간인 이 세상에는 두 가지 모두가 공존해 있다.

운명은 시시 때때로 변화한다.

따라서 이 순간을 불행하다고도 행복하다고도 할 수 없다.

이 세상은 결국 무이다. 그 자체로는 아무 가치가 없고,

천국과 결부되면 가치가 있다.

세상을 살면서 쉴새없이 바뀌는 운명을 평온하고

즐겁게 받아들이는 자는 진정 지혜로운 사람이다.

우리 인생은 연극처럼 사건들이 뒤얽히다가

마지막에 다시 반전해 간다.

그러니 오직 좋은 결과에만 마음을 두어라.

태만을 경계하라

한순간도 태만해서는 안 된다.
운명은 장난을 좋아해 얽히고 설킨 일상의 일을
우연으로 보이게 하다가 갑자기 그대를 급습한다.
우리는 늘 두뇌 · 기지 · 용기를 가지고 기습적인
운명의 습격에 대비해야 한다.
젊음도 마찬가지다.
생각 없이 지내던 어느 날, 무심코 바라본 거울 속에서
자신의 젊음이 사라졌음을 보게 된다.
교활한 그대의 운명은 긴장이 풀어진 순간을 틈타 재빠르
게 냉정한 시험대 위에 그대를 올려 놓는다.

자비심과 권력

자비심은 큰 미덕이다.

나라를 움직이는 위치에 있는 사람들은 자비심으로

국민의 존경을 사야 한다.

이는 지도자가 지녀야 할 기본 덕목이자

가장 값진 양식이다.

이는 최고의 권력자는

보통사람들보다 좋은 일을 더 많이 하라고

하늘이 주는 유일한 선물이다.

적절한 반박을 활용하라

적절히 반박할 줄 알아라.

이는 사물을 탐색하는 좋은 방법이다.

자신은 말려들지 말고, 남이 자신에게

말려들게 하는 것 말이다.

남을 흥분하게 하는 것은 섬세한 기술이 필요하다.

상대방이 흘리는 중요한 비밀을 대수롭지 않게

보이게 만드는 술책은 깊이 감춰진 비밀을

캐내기에는 안성맞춤이다.

그의 심장을 한 번씩 깨물 때마다 그의 마음 속에서

단물이 나오고, 그것이 혀에까지 이르렀다가 마침내는

교활한 속임수의 망 속으로 떨어진다.

신중한 그대가 짐짓 꾸며내는 소극적 태도는
상대방의 주의력을 빼앗고, 결국은
그들의 생각마저도 캐낸다.
상대에게 일부러 의심을 드러내는 것도 효과적이다.
이는 타인의 호기심을 자극하여 자신이 원하는 정보를
캐낼 수 있는 수단이 된다.
때로는 스승에게 반박하는 것도 배우는 학생에게는
좋은 학습이 된다.
교사는 열중한 나머지 자기도 모르게 학생을 더 깊은
진리의 장으로 안내하기 때문이다.
그렇게 하면 그대는 적당히 발을 들여놓고도 보다 완성된
가르침을 얻을 수 있을 것이다.

그대만의 행운의 별을 따르라

자신만을 위한 행운의 별을 알아보라.

누구에게나 그 별이 있다.

자신의 별을 알아보지 못하거나 무시하는 것이 불행한
사람의 특징이다.

어떤 사람들은 아무런 노력 없이 군주나 권력자의
은총을 입는다.

그리고 운명이 그를 돕는다.

여기서 노력은 다만 운명의 보조역할을 했을 뿐이다.

사람에 따라 현인의 은총을 입는 사람이 있는가 하면
직장에서 유난히 운이 좋은 사람들이 있다.

운명은 끊임없이 뒤얽히게 마련이다.

그러니 누구나 자기 재능은 물론
자신의 행운의 별도 아는 것이 좋다.
그 별을 따르고 하는 일에 열정을 쏟으며 운명의 길을
가도록 힘쓰라.

강력한 우군

자기 스스로를 도와라.

큰 위험에 처할수록 강건한 심장이 도움이 된다.

세상을 살면서 스스로를 도울 줄 알면

어려움이 줄어든다.

자신의 운명에게 불만이나 복수의 화살을 겨누지 마라.

그러면 운명은 더욱더 견디기 힘들어진다.

많은 사람들은 재난을 당하게 되면 스스로를

포기하고 만다.

그러나 고난을 참으면 머지않아

행운의 파도가 밀려올 것이다.

참을 줄 알아라.

인내심이 부족한 지식인이 많다.

그 이유는 지식이 늘어날수록 그만큼

성급해지기 때문이다.

우리는 우리가 가장 의지하는 사람에 대해서는

종종 인내심을 발휘한다.

이는 자기 자신을 다스리기 위한 좋은 연습이다.

인내할 때 평화가 있고, 세상이 행복해진다.

그러나 참을성이 없는 자는 자신 속으로 도피하라.

만일 자기 자신을 참는 일이 그나마 가능하다면.

기술의 정수는 깊이 간직하라

기술의 정수는 절대 발설하지 말아라.
기술을 전달할 때도 핵심 비밀은
가르쳐 주지 않아야 한다.
그래야 자신의 명망을 지키고
그대의 권위와 힘을 유지할 수 있다.
남의 마음을 사고 그들을 가르칠 때도
그 규칙은 반드시 지켜야 한다.
매사에 여백을 두는 것은 좋은 처세훈이다.
자신의 힘을 유지하기 위해서, 그리고 또 남보다
우위에 있기 위해서이다.

시작했다면 끝을 보라

어려울 때 더 분발할 줄 알아라.

어떤 사람은 처음 시작할 때 모든 힘을 다 소진하여

끝을 맺지 못한다.

계획은 잘 세우지만 결과가 없다.

이는 인내심의 부족에서 나온다.

어려움을 극복할 때까지 혼신을 다해 일하다가도

일단 고비를 넘기고 나면 주어진 것에 만족해서

일을 마무리짓지 못하는 경우도 마찬가지다.

충분한 저력이 있는데도 노력하려 하지 않는 것은

능력이 부족해서가 아니라

경솔하기 때문이다.

394

영웅과 나를 일치시켜라

위대한 인물에게 깊이 공감하고 감정을 일치시켜라.

영웅의 삶을 공감해 보는 것 자체로도 영웅에게

근접해질 수 있다.

여기에 바로 자연의 기적이 있다.

그 속에는 비밀스러움뿐만 아니라 유용한 것도 있다.

그 효과는 무지한 사람들이 마약의 힘으로 얻는

에너지와도 같다.

이러한 결과는 사람들에게서 마침내

호의와 애착까지 얻게 된다.

이는 말하지 않고도 남을 설득하고, 일한 대가 없이도

결과를 획득하게 한다.

네 인생의 제왕이 되라

네 인생의 제왕이 되라.

쉬지 않고 일하는 것은 마치 주막에서 다리 뻗을

틈도 없이 강행하는 여행자와도 같다.

세상에 쏟아진 수많은 지식은 결국 인생을 즐기라는

내용들이다.

인생의 첫번째 여로는 선지식과의 담론으로 보내라.

우리는 지금 이 순간을 깊이 인식하고 나 자신을

깨닫기 위해 산다.

그러므로 깊은 철학이나 사유는 그대를 거친

자연 상태에서 인격자로 재창조한다.

인생의 두 번째 여로는 주위 사람들과 섞여 살면서 세상의 좋은 것을 마음껏 보고 느껴라.

좁은 땅 안에서는 우주, 천하 만물의 이치를

다 발견할 수 없다.

세상을 창조한 하나님은 모든 것을 정확히 분배하였는데,

때로는 풍요로운 것에 추한 것을 곁들여 놓았다.

인생의 세 번째 여로는 자기 내면 탐구로 보내라.

그리고 마지막 여행은

새롭고 다른 삶을 준비하며 사는 것이다.

삶의 지혜를 두 배로 갖춰라

삶의 지혜를 두 배로 갖춰라.

그러면 생활 역시 두 배의 가치를 지닐 것이다.

아무리 가치가 있는 일이라도 그 일에만

매달려서는 안 된다.

우리는 모든 것, 특히 의지력, 열정 등을

곱절로 갖추어야 한다.

우리에게 영원해 보이는 달도 항상 모습이 바뀐다.

인간의 연약한 자비심에 의존하는

모든 존재들도 항상 변화한다.

그러니 이처럼 바뀌고 변질되기 쉬운 인생을

잘 이끌어가기 위해서 우리는 살아가는 데 필요한

지혜를 곱절로 마음 속에 저장해야 한다.

자연이 우리에게 신체의 중요한 부분인 팔과 다리를 둘씩 주었듯이, 우리는 우리가 의지하며 살아야 할 기술을 곱절로 갖추어야 한다.

단 한 번에
모든 것을 걸지 마라

단 한 번의 시험에 자신의 모든 것을 걸지 마라.

만일 실패하면 그 좌절이 남긴 자리는

도저히 메울 수 없을 정도로 클 것이다.

세상을 살아가면서 누구나 한 번쯤 실패할 수가 있다.

우리가 아는 영웅 중에는 실패의 계단 끝에서

뛰어올라 성공을 거머쥔 사람들이 많다.

한 번의 시험에 모든 것을 걸지 마라.

시간과 기회는 무한히 열려 있다.

첫번째 시험을 경험 삼아 두 번째

시험은 좀더 완전을 기하라.

자신을 아는 것이 지혜다

자신의 실체를 바로 보라.

그대가 사회 속에 발을 디딜 때는 특히 그렇다.

세상 사람들은 누구나 자신을 괜찮은 사람으로 여긴다.

그런데 많은 사람들이 대부분 문제투성이이다.

이들 문제투성이의 사람들은 미래의 행복을 확신하고,

자신을 경이로운 존재로 여긴다.

그러나 그 허황된 상상이 진짜 현실에 부딪치면

고통 속에 뒹굴게 된다.

지혜로운 자는 그것이 자신의 착각임을 알아채고

거리를 두고 인생을 살아간다.

세상을 살면서 항상 최고와 최선을 희망할 수는 없다.

그러므로 항상 최악의 상황을 생각해 두어라.

자신에게 어떤 일이 일어나도 평정을 유지하기 위해,

화살이 맞출 수 있도록 목표를 조금 높여 두는 것이 좋다.

그러나 너무 높게 잡아 그로 인해 자신의 인생 경력을

완전히 그르쳐서는 안 된다.

어리석음을 방지하는 최고의 만병통치약은

자기 통찰이다.

자기 능력의 한계를 알아라! 그러면 반드시 자신의

관념과 생각을 현실에 맞출 수 있을 것이다.

성자가 되어라

성자가 되어라.

모든 것은 이 한 마디로 압축된다.

세상의 미덕은 모든 완벽함을 서로 묶어 주는 끈이자

행복의 중심점이다.

미덕은 그대에게 이성 · 사려 깊음 · 현명함 · 판단력 ·

지혜 · 용기 · 성찰 · 정직 · 행복 · 호의 · 진실을 부여한다.

그리고 매사에 그대를 영웅으로 만든다.

성스러움 · 건강 · 지혜, 이 세 가지가 그대와 주변을

행복하게 해준다.

세상에서 미덕처럼 값진 것은 없다.

독수리의 날갯짓은 일시적이다

자신을 마음껏 과시하라,

그대의 재능이 각광 속에 휩싸였을 때.

누구에게나 이런 기회는 한 번쯤 찾아온다.

그것을 꽉 붙잡아라.

전 생애를 승리의 날로 장식할 수는 없다.

독수리의 날갯짓은 일시적이다.

화려하게 자신을 과시하는 사람에게는 하찮은 것도

그럴듯해 보이고, 영광의 날들은 더욱 찬란하게 빛난다.

뛰어난 두뇌에 능력까지 갖추면 기적과 같은

명성을 획득한다.

찬란하게 빛나는 과시는 많은 것을 메워 주고 보완하고,

주변의 모든 것들에게 생명력을 불어넣는다.

완벽한 것을 내려준 하늘은 그것까지 완벽하게
배치한다.

그러나 남에게 과시하는 데도 기술이 필요하다.

제때에 드러내지 못하면 조악하고 유치하다.

그렇다고 거짓 치레를 해서는 결코 안 된다.

허영과 경멸스러운 제스처 때문에 이윽고 한계를
드러내면 사람들에게 쓰레기 취급을 받게 될 것이다.

살아가면서 늘 천박함을 경계해야 한다.

모든 것의 지나침은 아니함만 못하다.

때로는 침묵을 지키고 방심한 듯한 태도로
느긋함을 상대에게 보여주는 것도 좋다.

그런 식의 노련한 은폐가 효과적인 과시가 될 수 있다.

그런 식의 무심함이 그들의 호기심을 자극할 수
있기 때문이다.

또 완벽함을 한꺼번에 드러내지 않고 조금씩
보여 주는 것도 노련한 수완이다.

그대의 빛나는 업적은 더 큰 업적의 담보가 되어야 한다.

해야 할 일을 미루지 마라

세상의 많은 사람들은 휴식을 먼저 취하고
일을 뒤로 미루는 경향이 있다.
그러나 세상사는 냉정하다.
반드시 중요한 것이 앞에 오고, 부수적인 것이
그 뒤를 따른다.
어떤 사람은 싸우기도 전에 승리감에 도취되어 있다.
또 어떤 사람은 별로 중요하지 않은 일은 열심히 배우면서
영예롭고 꼭 필요한 일은 자꾸만 뒤로 미룬다.
이들은 아직 행운을 붙잡으러 올라가지도 않았는데
벌써부터 현기증으로 비틀거린다.
인생을 사는 데도 순서를 아는 지혜가 필요하다.

긍정성을 찾는 습관

매사에 긍정성을 찾을 줄 알아라.

많은 사람들이 자신이 영원히 살 것처럼 생각하고

위안을 얻는다.

문제투성이의 삶 속에서도 긍정적인 부분은 있다.

우둔한 자는 그들이 지금 살아 있다는 사실만으로도

큰 위안을 받는다.

수명을 늘여봤자 그다지 쓸모가 없다고 생각하는 것이

좋은 방법이다.

이럴 경우, 쓸모없다는 것은 빼어난 긍정성이다.

질이 나쁜 그릇은 잘 깨지지 않는다.

운명은 능력 있는 사람들을 질투한다.

운명은 쓸모 없는 사람들에게는 긴 수명을,

능력 있는 사람들에게는 짧은 수명을 부여하기 때문이다.

최악의 상황에서도 긍정성은 반드시

그 옷깃을 보여 주고 있다.

발견의 미덕은 바로 그대의 것이다.

왕성한 기대감을 가져라

항상 기대감을 갖고 살아라.
많은 것은 더 많은 것을 약속하고,
빛나는 행동은 더욱 빛나는 미래를 예고한다는
그런 기대감 속에서 살아라.
한 가지 일에 자기의 전부를 거는 사람을
천재라고 말할 사람은 없다.

기다림의 미학을 배워라

기다림의 미학을 배워라.

성급한 열정에 휘둘리지 않고 기다릴 때

인내심 속에서 고매한 심성이 드러난다.

사람은 무엇보다도 먼저 자기 자신의 주인이 되어야 한다.

그래야만 타인을 다스릴 수 있다.

길고 긴 기다림 끝에 계절은 바뀌고 그 동안

열매를 맺은 과일들은 무르익게 된다.

신은 우리를 채찍으로 길들이지 않고 시간으로 길들인다.

"시간과 나는 또 다른 시간, 그리고 또 다른 나와

겨루고 있다"는 위대한 말이 있다.

미래를 위한 올바른 시간 활용법

오늘 이 자리에서 내일을 깊이 생각하라.

하지만 내일을 그리는 그 일에 너무 빠져들지는 마라.

그것은 오직 망상일 뿐이다.

그대가 내일을 생각하고 있음을

의식하면서 내면을 보아라.

그러면 미래를 위한 지금의 시간은

최고의 지혜를 찾는 시간임을 알 수 있다.

자신이 지금 무엇을 살피는지 잘 알고 있는 사람에게는

사고도 위험도 없다.

늪 속에 목이 빠질 때까지 생각을 미루지 마라.

앞을 내다보고 재빠르게 조치를 취하라.

잠자리의 베개는 말 없는 예언자이다.

새로운 일을 시작하기 전날 밤,

잠들기 전에 생각하는 것이,

일이 진행되고 나서, 일이 잘못되었을 때,

생각하는 것보다 훨씬 낫다.

세상을 살아가는 것 자체가 생각의 연속이어야 한다.

이는 올바른 길을 잃지 않기 위해서이다.

413

인생의 최고의 신뢰자는 친구

인생의 최고의 신뢰자는 친구이다.

어떤 친구라도 자신을 위해 최소한의 도움이 된다.

친구 관계가 원만하면 모든 일이 잘 풀린다.

어떤 친구든 나름대로 가치가 있다.

그러나 다른 사람들이 그대를 친구로 원하도록

하기 위해서는 그들의 마음을 먼저 사야 한다.

여기에 호의의 표시보다 더 강력한 마술은 없다.

친구를 얻기 위해서는 자신을 그들의 친구로 만드는 것이

최고의 방법이다.

우리가 뭔가를, 그것도 제일 좋은 것을 얻으려면

사람의 마음을 움직여야 한다.

414

세상을 살아가려면 친구,
또는 적들과 더불어 살아야 한다.
그대에게 이성적으로 다가오는 친구보다는
따뜻한 호의를 보내는 친구를 얻으려고 노력하라.
그러면 그들 중 몇 명을 그대의 신뢰자로
선택할 수 있을 것이다.

지혜로운 수완을 발휘하라

인간관계에서 지혜로운 수완을 발휘하라.
우둔한 자는 느닷없이 불손한 말을 하여 인간 관계에
찬물을 끼얹는다.
이러한 행동을 하는 것은 무모하기 짝이 없다.
이런 실수는 돌이킬 수 없는 치명적인 불이익을
가져 오는데, 뒤에 실수에 대한 질책을 당해도
그들은 어떤 변명도 못한다.
모든 무모함은 지혜로운 처신을 함으로써
해결할 수밖에 없다.
때로는 다행스럽게 그냥 넘어가더라도 더 험한 난관을
만나기 십상이다.

그러므로 늘 날카로운 이성과 지혜의 빛을 밝혀서
앞으로 나아가라.

주의력이 안전한 발판을 확보할 때까지.

오늘날 인간관계에는 예측 못할 함정이 곳곳에 있다.

발걸음을 내디딜 때마다 돌다리도 두드리며 건너라는
옛말을 반드시 상기해야 한다.

숭고한 야망을 지녀라

숭고한 야망은 영웅에게 필요한 첫째 조건이다.
야망은 위대한 과업을 성취하고자 하는 자에게
박차를 가한다.
야망은 그것을 품고 있는 사람의 가슴 속에서 항상 고개를
쳐들고 그를 격려한다.
때로는 야망에 엄청난 압박이 가해지더라도 그것은
내면을 빛내며, 아무리 쓰라린 운명이
야망의 노력을 수포로 돌리려 해도
더 굳건한 의지로 되돌아온다.
숭고한 야망 속에는 대범함, 고귀함 등 모든 영웅적인
것들이 내재해 있다.

관용보다 더 좋은 수완은 없다

세상에는 고귀한 심성, 관대한 정신, 폭넓은 아량을
가진 사람이 있다.

이것이 아름답게 꽃을 피우면

그의 이름은 더욱 찬란히 빛난다.

그러나 고결한 마음을 가진 사람은 드물다.

이는 정신의 위대함을 전제로 하기 때문이다.

이런 사람은 적에게 복수할 기회가 주어질 때조차

자신의 위용을 보인다.

즉, 그 복수를 피하는 것이 아니라 승리하기 직전에

바다와 같은 관용을 상대에게 베풀어

복수의 수레바퀴를 멈추게 하는 것이다.

일의 균형을 잘 잡는 기술

쉬운 일은 어려운 일처럼, 어려운 일은 쉬운 일처럼 하라.

전자는 자부심이 나태해지는 것을 막고,

후자는 용기가 스러지는 것을 막는다.

어떤 일을 마무리하지 않고 팽개쳐 두는 것을 막기 위해,

때로는 그 일을 끝마친 것처럼 바라볼 필요가 있다.

이와 반대의 경우도 마찬가지다.

세상에는 노력하고 애쓰면 불가능한 일도 가능해진다.

감당하기 어려운 일은 두려움을 떨쳐 버리고

바라보는 것이 좋다. 그것은 일 자체만을 보는 것이다.

미리 겁을 먹고 몸과 마음이 마비되지

않도록 하기 위해서이다.

행복의 산에서
불행의 봉우리를 보라

행복할 때 불행을 생각하라.

행복할 때는 타인의 호의를 쉽게 살 수 있고

친구가 넘친다.

이때 불행이 올 것을 대비해 두는 것이 좋다.

그때를 위해 친구를 만들고 사람들에게 은혜를 베풀어라.

미련한 사람은 행복할 때 친구를 두지 않는다.

자신에게 행복이 언제까지고 계속될 것이라는

착각 때문이다.

행복할 때 친구를 잊고 있으면 불행할 때 친구가

그대를 못 본 척할 것이다.

사람들이 존경하는 사람의 호의를 얻어라.

빼어난 인물의 가벼운 미소가 일반 사람들의

격렬한 찬사보다 몇 배나 더 낫다.

지혜로운 자에게서는 반드시 깊은 통찰의

에너지가 작용한다.

그의 칭찬은 결코 고갈되지 않는 만족의 샘과도 같다.

타인의 힘을 빌려라

그대 목표를 위해 타인의 계획에 가담하라.

이는 자신의 목표에 도달하는 전략이 될 수 있다.

그리고 그대 일을 위한 좋은 역량을

끌어들일 수 있기 때문이다.

그러나 의심이 많은 사람 앞에서는 그 연극을

하지 말아야 한다.

자신의 계획이 드러나지 않도록 말이다.

이는 간접적 수단으로 상대의 계획에 가담하는

처세훈의 하나이다.

명예를 존중하라

명예를 존중하는 사람과 교제하라.

그런 사람과는 서로 목적한 바 뜻을 이룰 수 있다.

자신의 명예가 곧 행동의 보증수표이기 때문이다.

고난이 닥쳐왔을 때에도 그들은 항상 자신의

위신을 생각하면서 신중하게 행동한다.

명예를 중히 여기는 사람과 다투는 것이

무뢰배에게 이기는 것보다 낫다.

그리고 명예를 헌신짝처럼 취급하는 사람과는

안전한 교제를 할 수 없다.

명예를 중시하지 않는 자는

결코 정직의 미덕도 헌신짝처럼 내팽개친다.

진리는 눈으로 보라

정보를 얻을 때는 신속하라.

세상을 살아가려면 많은 정보가 필요하다.

그러나 우리가 눈으로 직접 볼 수 있는 것은 그리 많지 않다.

우리는 진리와 믿음으로 세상을 살 수밖에 없다.

그러나 우리의 귀는 진리에 대해서는 쪽문을,

거짓말에 대해서는 대문을 열어두고 있다.

그러나 진리는 대부분 눈으로 목격되는 것이지

들리는 경우는 극히 드물다.

진리가 왜곡되지 않고

우리에게 순수하게 직접 도달하는 경우는 드물다.

오는 길이 멀 때는 더욱 그렇다.

426

진리는 거쳐 가는 곳마다 거의 어김없이
흥분과 감정에 오염되고, 정열은 그것이 스치는
모든 것에 색깔을 덧입힌다.
그것은 항상 상대에게 어떤 인상을 주려고 한다.
그러니 자신을 칭찬하는 자에게는 조심스레
귀를 기울이고, 비난하는 자에게는 더 큰
조심성을 갖고 귀를 기울여라.
이것은 우리가 항상 머릿속에 상기해 두어야 한다.
사실을 전달하는 자의 의도를 잘 밝혀
그가 내딛는 걸음보다 한 발 앞서기 위해서 말이다.

남이 공경해 주기를 바라지 마라

자신의 행복을 과시하지 마라.

개인의 성격이 눈에 띌 때보다 신분이나 위엄이

화려하게 눈에 띌 때 사람들의 감정은 더 상하기 쉽다.

그대 자신을 세상의 중심 인물로 만들면 반드시

미움을 사게 된다.

되도록이면 타인의 질투를 불러일으키지 않는 것이 좋다.

그러기 위해서는 남이 공경해 주기를

바라지 마라.

공경은 오직 그들의 의사에 달려 있으니까.

공경은 취하는 것이 아니라 기다려서 얻어지는 것이다.

높은 직위에 있을수록 그에 걸맞는 품격이 요구된다.
품격 없이 그 자리는 결코 위엄 있게 이행될 수 없다.
자신의 임무를 잘 이행하기 위해서라도
스스로의 명예를 보존하라.
공경을 받을 생각으로 자신을 내세우면 안 된다.
이는 그대의 본성에서 저절로 스며나와야 한다.
자신의 일에만 법석을 떠는 사람은 쓸 만한
공적을 쌓을 수 없다.
그는 곧 그 직책이 자신에게 너무 무거운 짐이라는
사실을 스스로 드러내고 말 것이다.

명성을 얻은 후

명성을 얻었으면 이를 잘 지켜라.

명성을 얻기까지 그대는 시간과 노력을 많이

쏟아부었을 것이다.

명성은 뛰어난 자질과 성품만으로 얻어지는 것이

결코 아니기 때문이다.

그러나 한번 얻은 명성을 유지하는 것은 어렵지 않다.

그것은 또한 구속력이 있으며 큰 효과를 나타낸다.

명성은 그 근원이 고귀하므로 사람들에게 한번

인정을 받으면 그에 걸맞는 위엄을 부여한다.

그러나 확실한 근거가 있는 명성만이 오래 지속된다.

미래를 보는 지혜

초판 1쇄 | 인쇄 2011년 3월 5일
초판 1쇄 | 발행 2011년 3월 10일

지은이 | 발타자르 그라시안
옮긴이 | 김경민
펴낸곳 | 신라출판사
펴낸이 | 배태수

등록 | 1975년 5월 23일(제6-0216호)
주소 | 동대문구 제기동 1157-3 영진빌딩
전화 | 02)922-4735
팩스 | 02)922-4736
본문 디자인 | 디자인 디도

ISBN 978-89-7244-103-8 03870
* 잘못된 책은 구입한 곳에서 바꾸어 드립니다.